Georges Feydeau/ Georges Courteline

Les Pavés de l'ours (1896) *Le Gora* (1920)

Texte intégral

LE DOSSIER

Deux comédies vaudevilles

L'ENQUÊTE

La société française à la Belle Époque

Notes, dossier et enquête
Laurence de Vismes Mokrani
certifiée de lettres modernes

Collection dirigée par
Bertrand Louët

Hatier

Sommaire

OUVERTURE

Jean Béraud (1849-1935),
« Le Boulevard des Capucines devantle Théâtre du Vaudeville à Paris ».

ISBN : 978-2-218-95427-6

LES TEXTES

LE DOSSIER

L'ENQUÊTE

Tous les mots suivis d'un * sont expliqués dans le lexique p. 92.

Le *Gora*, Georges Courteline

Les personnages

GUSTAVE

Jeune homme de la bonne société, Gustave est le petit ami de Bobéchotte. Il est assez sûr de lui, se sachant plus instruit, plus cultivé que sa compagne. Il emploie volontiers un ton supérieur et lui fait la leçon.

BOBÉCHOTTE

D'un naturel simple, enjouée et bavarde, Bobéchotte n'est pas une intellectuelle : elle a parfois du mal à comprendre les explications de Gustave. Mais cela n'empêche pas la jeune femme de dire ce qu'elle pense.

L'histoire

Le Gora est une petite farce sur la vie de couple.

L'action se déroule dans l'appartement de Gustave et Bobéchotte. Le point de départ de la scène est un cadeau que Bobéchotte a reçu.

Gustave était loin de se douter qu'à propos d'un petit chat, une conversation anodine pourrait tourner à la dispute… et peut-être même à la rupture !

Georges Courteline (1858-1929)

• L'ENFANCE PARISIENNE

Georges Courteline naît en 1858. Il passe son enfance à Montmartre et fréquente dès son plus jeune âge les célébrités du théâtre de l'époque.

• UNE ACTIVITÉ LITTÉRAIRE

Il travaille dans l'administration, mais il a bientôt d'autres projets : avec des amis, il fonde une revue littéraire, et publie des poèmes, des petites scènes et des nouvelles, des chroniques, c'est-à-dire des articles sur la société de son temps. Il quitte finalement son travail pour se consacrer entièrement à sa passion.

• L'HONNEUR ET LA CÉLÉBRITÉ

Il met en scène des personnages amusants par leur bêtise ou leur orgueil, il se moque des militaires ou des fonctionnaires qu'il a côtoyés, des domestiques paresseux, des maris ou des femmes infidèles...
On joue ses pièces à la Comédie Française. Il obtient la Légion d'Honneur en 1899 et il est élu à l'Académie Goncourt en 1926.

	1858	**1886**	**1893**	**1898**	**1899**	**1920**	**1929**
VIE DE COURTELINE	Naissance de Courteline	*Les Gaietés de l'Escadron*	*Messieurs les ronds-de-cuir*	*Les Boulingrin*	Courteline est décoré de la Légion d'Honneur	*Le Gora*	Mort de Courteline
	4 septembre 1870	**1870-1871**	**Mars à mai 1871**	**1879-1880**	**1890**	**1895-1906**	**1914-1918**
SUR LE PLAN POLITIQUE	Proclamation de la IIIe République	Guerre franco-prussienne et défaite de la France	Commune de Paris	La Marseillaise devient l'hymne national, et le 14 juillet, jour de la fête nationale	Exode rural	Affaire Dreyfus	Première Guerre mondiale

Les Pavés de l'ours, Georges Feydeau

Les personnages

LUCIEN FERRET : Pour améliorer sa condition, ce petit bourgeois* a décidé d'épouser une jeune fille riche, la fille de Madame de Prévallon, sa marraine.

DORA : Très amoureuse de Lucien, elle est pleine d'attentions pour lui. Et elle n'envisage pas une seconde de le quitter !

BRETEL : C'est le nouveau domestique* de Lucien. Il est vraiment étonnant, par son langage et ses manières. Plein de bonne volonté, il enchaîne les gaffes et les catastrophes...

MME DE PRÉVALLON : Affligée d'un terrible bégaiement, cette dame de la bonne société croit bien faire en mariant sa fille à Lucien.

L'histoire

Faire un mariage d'argent tout en conservant une jolie maîtresse, voilà le périlleux projet de Lucien.

Son nouveau domestique se mêle de l'affaire... Comme dans la fable de La Fontaine *L'Ours et l'Amateur des jardins* (*Fables*, VIII, 10), il va faire le malheur de son maître...

Georges Feydeau (1862-1921)

• PASSIONNÉ DE THÉÂTRE

Très tôt, Georges Feydeau se passionne pour le théâtre : il néglige même ses études pour s'y consacrer. Encore adolescent, il écrit des monologues, puis des pièces qu'il interprète lui-même. Sa première pièce, *Par la fenêtre*, est jouée pour la première fois en 1882, alors qu'il n'a que 19 ans.

• ATTIRÉ PAR LES PLAISIRS ET LA FÊTE

Feydeau aime la fête : il fréquente les cabarets, perd beaucoup d'argent au jeu... Sa femme le quitte. Il écrit alors des farces conjugales très comiques, peut-être pour se moquer de son propre mariage. Il devient le spécialiste du vaudeville*, mettant en scène des bourgeois médiocres qu'il ridiculise.

• LE MAÎTRE DU VAUDEVILLE

Très aimé des gens de son époque, Georges Feydeau est considéré comme un des maîtres du « théâtre de boulevard »*. Ses pièces sont encore jouées aujourd'hui.

	1862	**1882**	**1894**	**1896**	**1899**	**1907**	**1921**
VIE DE FEYDEAU	Naissance de Feydeau	*Par la fenêtre*, 1re pièce de Feydeau	*Un fil à la patte*	*Le Dindon* et *Les Pavés de l'ours*	*La Dame de chez Maxim*	*La Puce à l'oreille*	Mort de Feydeau
	1874		**1889**	**1893**	**1895**	**1897**	**1900**
SUR LE PLAN ARTISTIQUE	Naissance de l'impressionnisme avec *Impression, soleil levant* de Monet Début de l'art moderne et naissance du jazz		Exposition universelle et construction de la Tour Eiffel	Le théâtre des Nations est rebaptisé théâtre Sarah Bernhardt	Invention du cinéma par les frères Lumière	*Cyrano de Bergerac* (Edmond Rostand)	Exposition universelle et triomphe de l'électricité (« La Fée Électricité »)

Le Gora

GUSTAVE, DIT TROGNON ; BOBÉCHOTTE.

BOBÉCHOTTE. – Trognon, je vais bien t'épater. Oui, je vais t'en boucher une surface[1]. Sais-tu qui est-ce qui m'a fait un cadeau ? La concierge.

GUSTAVE. – Peste ! tu as de belles relations ! Tu ne m'avais jamais dit ça !

BOBÉCHOTTE. – Ne chine pas la concierge[2], Trognon ; c'est une femme tout ce qu'il y a de bath[3] ; à preuve qu'elle m'a donné... – devine quoi ? – un gora !

GUSTAVE. – La concierge t'a donné un gora ?

BOBÉCHOTTE. – Oui, mon vieux.

GUSTAVE. – Et qu'est-ce que c'est que ça, un gora ?

BOBÉCHOTTE. – Tu ne sais pas ce que c'est qu'un gora ?

GUSTAVE. – Ma foi, non.

BOBÉCHOTTE, *égayée*. – Mon pauvre Trognon, je te savais un peu poire[4], mais à ce point-là, je n'aurais pas cru. Alors, non, tu ne sais pas qu'un gora, c'est un chat ?

GUSTAVE. – Ah !... Un angora, tu veux dire.

BOBÉCHOTTE. – Comment ?

1. **Je vais t'en boucher une surface** : je vais t'épater, t'étonner beaucoup.
2. **Ne chine pas la concierge** : ne te moque pas de la concierge.
3. **Bath** : vraiment gentille, sympathique.
4. **Un peu poire** : un peu naïf, bête.

GUSTAVE. – Tu dis : un gora.

BOBÉCHOTTE. – Naturellement, je dis : un gora.

GUSTAVE. – Eh bien, on ne dit pas : un gora.

BOBÉCHOTTE. – On ne dit pas : un gora ?

GUSTAVE. – Non.

BOBÉCHOTTE. – Qu'est-ce qu'on dit, alors ?

GUSTAVE. – On dit : un angora.

BOBÉCHOTTE. – Depuis quand ?

GUSTAVE. – Depuis toujours.

BOBÉCHOTTE. – Tu crois ?

GUSTAVE. – J'en suis même certain.

BOBÉCHOTTE. – J'avoue que tu m'étonnes un peu. La concierge dit : un gora, et si elle dit : un gora, c'est qu'on doit dire : un gora. Tu n'as pas besoin de rigoler ; je la connais mieux que toi, peut-être, et c'est encore pas toi, avec tes airs malins, qui lui feras le poil[1] pour l'instruction.

GUSTAVE. – Elle est si instruite que ça ?

BOBÉCHOTTE, *avec une grande simplicité.* – Tout ce qui se passe dans la maison, c'est par elle que je l'ai appris.

GUSTAVE. – C'est une raison, je le reconnais, mais ça ne change rien à l'affaire, et pour ce qui est de dire : un angora, sois sûre qu'on dit : un angora.

BOBÉCHOTTE. – Je dirai ce que tu voudras, Trognon ; ça m'est bien égal, après tout, et si nous n'avons jamais d'autre motif de discussion...

GUSTAVE. – C'est évident.

BOBÉCHOTTE. – N'est-ce pas ?

1. **Qui lui feras le poil...** : qui lui donneras des leçons...

GUSTAVE. – Sans doute.

BOBÉCHOTTE. – Le tout, c'est qu'il soit joli, hein ?

GUSTAVE. – Qui ?

BOBÉCHOTTE. – Le petit nangora que m'a donné la concierge, et, à cet égard-là, il n'y a pas mieux. Un vrai amour de petit nangora, figure-toi ; pas plus gros que mon poing, avec des souliers blancs, des yeux comme des cerises à l'eau-de-vie, et un bout de queue pointu, pointu, comme l'éteignoir[1] de ma grand'mère... Mon Dieu, quel beau petit nangora !

GUSTAVE. – Je vois, au portrait que tu m'en traces, qu'il doit être, en effet, très bien. Une simple observation, mon loup ; on ne dit pas : un petit nangora.

BOBÉCHOTTE. – Tiens ? Pourquoi donc ?

GUSTAVE. – Parce que c'est du français de cuisine.

BOBÉCHOTTE. – Eh ben, elle est bonne, celle-là ! Je dis comme tu m'as dit de dire.

GUSTAVE. – Oh ! mais pas du tout ; je proteste. Je t'ai dit de dire : un angora, mais pas : un petit nangora. (*Muet étonnement de Bobéchotte*) C'est que, dans le premier cas, l'*a* du mot angora est précédé de la lettre *n*, tandis que c'est la lettre *t* qui précède, avec le mot *petit*.

BOBÉCHOTTE. – Ah ?

GUSTAVE. – Oui.

BOBÉCHOTTE, *haussant les épaules*. – En voilà des histoires ! Qu'est-ce que je dois dire, avec tout ça ?

GUSTAVE. – Tu dois dire : un petit angora.

BOBÉCHOTTE. – C'est bien sûr, au moins ?

GUSTAVE. – N'en doute pas.

1. **Éteignoir** : instrument en forme de cône, au bout d'un long manche, servant à éteindre les bougies.

BOBÉCHOTTE. – Il n'y a pas d'erreur ?

GUSTAVE. – Sois tranquille.

BOBÉCHOTTE. – Je tiens à être fixée, tu comprends.

GUSTAVE. – Tu l'es comme avec une vis.

BOBÉCHOTTE. – N'en parlons plus. Maintenant, je voudrais ton avis. J'ai envie de l'appeler Zigoto.

GUSTAVE. – Excellente idée !

BOBÉCHOTTE. – Il me semble.

GUSTAVE. – Je trouve ça épatant !

BOBÉCHOTTE. – N'est-ce pas ?

GUSTAVE. – C'est simple.

BOBÉCHOTTE. Gai.

GUSTAVE. – Sans prétention.

BOBÉCHOTTE. – C'est facile à se rappeler.

GUSTAVE. – Ça fait rire le monde.

BOBÉCHOTTE. – Et ça dit bien ce que ça veut dire. Oui, je crois que pour un tangora, le nom n'est pas mal trouvé. (*Elle rit*).

GUSTAVE. – Pour un quoi ?

BOBÉCHOTTE. – Pour un tangora.

GUSTAVE. – Ce n'est pas pour te dire des choses désagréables mais, ma pauvre cocotte en sucre, j'ai de la peine à me faire comprendre. Fais donc attention, sapristoche ! On ne dit pas : un tangora.

BOBÉCHOTTE. – Ça va durer longtemps, cette plaisanterie-là ?

GUSTAVE, *interloqué*. – Permets...

BOBÉCHOTTE. – Je n'aime pas beaucoup qu'on s'offre ma physionomie, et si tu es venu dans le but de te payer mon 24-30[1], il vaudrait mieux le dire tout de suite.

1. **S'offrir ma physionomie, se payer mon 24-30** : se payer ma tête. 24-30 sont les dimensions d'une photo d'identité.

GUSTAVE. – Tu t'emballes ! tu as bien tort ! Je dis : « On dit un angora, un petit angora ou un gros angora » ; il n'y a pas de quoi fouetter un chien, et tu ne vas pas te fâcher pour une question de liaison.

BOBÉCHOTTE. – Liaison !... Une liaison comme la nôtre vaut mieux que bien des ménages[1], d'abord ; et puis, si ça ne te suffit pas, épouse-moi ; est-ce que je t'en empêche ? Malappris ! Grossier personnage !

GUSTAVE. – Moi ?

BOBÉCHOTTE. – D'ailleurs, tout ça, c'est de ma faute et je n'ai que ce que je mérite. Si, au lieu de me conduire gentiment avec toi, je m'étais payé ton 24-30 comme les neuf dixièmes des grenouilles[2] que tu as gratifiées de tes faveurs, tu te garderais bien de te payer le mien aujourd'hui. C'est toujours le même raisonnement : « Je ne te crains pas ! Je t'enquiquine ! » Quelle dégoûtation, bon Dieu ! Heureusement, il est encore temps.

GUSTAVE, *inquiet*. – Hein ? Comment ? Qu'est-ce que tu dis ? Il est encore temps !... Temps de quoi ?

BOBÉCHOTTE. – Je me comprends ; c'est le principal. Vois-tu, c'est toujours imprudent de jouer au plus fin avec une femme. De plus malins que toi y ont trouvé leur maître. Parfaitement ! À bon entendeur... Je t'en flanquerai, moi, du zangora !

1. **Ménage** : couple marié.
2. **Grenouilles** : expression assez vulgaire pour désigner les femmes que Gustave a connues.

Les Pavés de l'ours

PERSONNAGES

BRETEL

LUCIEN FERRET

DORA

MME PRÉVALLON

Un salon-salle à manger dans un appartement de garçon. Mobilier élégant. Au fond, porte d'entrée – à gauche deuxième plan, une porte – à gauche premier plan, une cheminée. Près de la cheminée un petit guéridon et un canapé tête-à-tête. – À droite, premier plan, une porte. – Deuxième plan, à droite également ; un bahut servant de buffet. – À droite, non loin de la porte, une table de travail avec un fauteuil à gauche de la table, faisant face à la porte. – Sur les murs, des tableaux, dont un représente « Léda et son cygne »●*. – Sur la cheminée, une statuette d'une Diane*[1] *quelconque, des photographies de femmes, encadrées.*

1. **Diane** : déesse de la chasse dans la mythologie romaine.

● **Personnage de la mythologie grecque, Léda fut aimée par Zeus, qui prit la forme d'un cygne pour la séduire.**

SCÈNE 1
LUCIEN, *puis* DORA

LUCIEN, *à sa table, écrit.* – Hélas ! ma chère Dora, il est des circonstances dans la vie, où l'on doit sacrifier son bonheur à son devoir... *(Répétant)* à son devoir, hum !... son bonheur à son devoir... voilà des lettres embêtantes à écrire.

DORA, *venant de droite. Elle tient une capote*[1] *de sergent d'administration sous le bras.* – Je suis prête.

LUCIEN. – Elle !...

Il cache vivement la lettre.

DORA. – Pourquoi caches-tu ce que tu écrivais ?

LUCIEN. – Hum ! je ne le cache pas... je... je l'ai mis dans ma poche, voilà tout.

DORA. – Ah ! c'est donc une chose que je ne peux pas voir.

LUCIEN. – Précisément !

DORA. – Parce que...

LUCIEN. – Parce que ?... parce que c'est pour toi, là ! alors...

DORA. – Ah ! la raison est excellente.

LUCIEN. – Oui, tu comprends...

DORA. – Ma foi, non...

LUCIEN. – Il y a des choses qu'on ne peut pas dire comme ça de vive voix, et qu'on ose écrire.

DORA. – Donne, alors ! je lirai.

LUCIEN. – Ah ! non... merci, comme ça devant moi... et puis, et puis ce n'est pas au point... Ma lettre est l'expression d'un élan spontané... alors, tu comprends, ça a besoin d'être réfléchi... il faut que je prenne mon temps.

1. **Une capote** : une veste d'uniforme militaire.

DORA. – À ton aise... je flaire une surprise et je ne veux pas la connaître... La veille d'un jour de fête, la discrétion est de rigueur.

LUCIEN. – D'un jour de fête ?

DORA. – Dame ! Demain, j'ai... vingt-deux ans.

LUCIEN. – Ah ! comme l'an dernier...

DORA. – Tu crois ? c'est possible ! Tu sais, nous autres femmes... c'est le contraire des militaires, nos années de campagne comptent moitié... À propos de campagne, voici ton uniforme, j'ai consolidé les boutons...

LUCIEN. – Toi-même ?...

DORA. – Moi-même... Oh ! tu dois être beau avec... Tu es quoi ?

LUCIEN. – Sergent !... sergent des infirmiers militaires.

DORA. – Je te croyais officier.

LUCIEN. – Hein ? Non, c'est-à-dire... je suis officier d'académie, et puis sergent des infirmiers militaires, voilà !... Tu sais, ça n'est pas élégant ! élégant ! mais ça ne m'allait pas mal au temps de l'active. Dame ! aujourd'hui, je ne sais pas... j'ai engraissé... D'ailleurs, tu auras le temps de me voir, demain, après-demain et comme ça pendant vingt-huit jours...

DORA. – Oh ! ça m'amusera... te voir en guerrier....

LUCIEN. – En guerrier, oui... c'est peut-être un bien grand mot pour mon arme... mais enfin...

DORA. – Allons, je sors...

Sergent et officier sont des grades dans l'armée. Lucien est « sergent des infirmiers » de réserve, c'est-à-dire qu'il doit, de temps en temps, se mettre au service de son pays pendant quatre semaines. Il doit alors porter son uniforme, comme lorsqu'il était « dans l'active », c'est-à-dire véritablement militaire.

LUCIEN. – Comment, maintenant ?... mais nous allons déjeuner dans un quart d'heure.

DORA. – Justement... je vais acheter le dessert pour le festin... Tu as commandé le solide ?

LUCIEN. – Oui, chez Chevet... Ah ! çà, tu es une excellente femme de ménage[1].

DORA. – Tu t'en aperçois !... ça te donnera peut-être l'idée de m'épouser.

LUCIEN. – Non !...

DORA. – Merci...

LUCIEN. – Seulement, je t'admire... j'ai presque envie de ne plus prendre de domestique.

DORA. – Ah ! non ! tu es bien bon !... Si tu crois que ça m'amuse de faire le service... Quand auras-tu quelqu'un ?

LUCIEN. – Mais j'attends, aujourd'hui... Ah ! c'est que je ne veux plus de ces domestiques de Paris... comme était Étienne, ça a de l'œil, oui, mais c'est indiscret, menteur, filou, potinier ! Oh ! non, plus de ça !... je fais venir de la campagne une âme neuve, une âme simple, un diamant brut, mais pur... Il ne saura rien faire de propre... mais il ne fera rien de sale. Eh bien, ma foi ! je le stylerai... je serai très mal, mais très honnêtement servi... ça me changera.

DORA. – Allons ! nous verrons le diamant... Je me sauve.

Elle l'embrasse sur le front.

LUCIEN. – Eh bien, dis donc, en passant, dépose donc cet uniforme dans ma chambre... À tout à l'heure.

Sortie de Dora.

1. **Une excellente femme de ménage** : une bonne maîtresse de maison.

BRETEL. – Ah ! ça est vrai, tu ne causes pas le patois parisien !... Tu ne parles pas le français belge !... Eh bien, le café au lait !

LUCIEN. – Ah ! le café ! va pour le café. Maintenant, mettez-vous à votre service. Le couvert est déjà sur la table. Vous n'avez qu'à la porter ici, au milieu.

BRETEL. – Voilà !... *(Il porte la table au milieu de la scène.)* Et le déjeuner, monsieur, où c'qu'il est ? *(montrant la salade qui est sur la table)* Est-ce qu'il n'y a que la salade ?

LUCIEN. – Ne vous inquiétez pas ! On l'apportera tout à l'heure. *(voyant Bretel dont les regards se sont fixés sur une photographie de Dora qui est sur la cheminée)* Qu'est-ce que vous regardez comme ça ?...

BRETEL, *prenant la photographie sous cadre.* – C'est c'te dame ! ça est un beau brin de sexe[1], sais-tu ?

LUCIEN. – Vous trouvez ?

BRETEL. – Ça est ta bonne amie, hé ?

LUCIEN. – Eh bien, dites donc, est-ce que ça vous regarde ?... Voilà des expressions !

BRETEL. – Alleï ! alleï ! ça, c'est de ton âge ! ça est une belle femme !

LUCIEN. – Vous saurez, Monsieur Bretel, que je ne reçois jamais ici que de jeunes et jolies femmes !

BRETEL. – Tu as raison... Seulement, la vitre, il est sale...

Il crache sur le verre de la photographie et l'essuie avec la serviette de Lucien qu'il a prise sur la table.

LUCIEN. – Eh bien ! En voilà des manières ! Espèce de malpropre !

Il lui arrache le portrait qu'il replace sur la cheminée. On sonne.

1. **Le sexe** : le sexe féminin (un beau brin de fille).

Les Pavés de l'ours *de Georges Feydeau. Mise en scène de Lionel Fernandez, avec Caroline Six et Lionel Fernandez, au Ciné Théâtre 13 (Paris) le 6 février 2003.*

SCÈNE 2
LUCIEN, *seul*

Lucien s'installe à sa table et se dispose à écrire. Un temps, on sonne.

LUCIEN. – Qui est-ce qui vient m'embêter ?... ce doit être le domestique attendu... *(il se dirige vers le fond)* C'est le comble ! c'est moi qui vais ouvrir à mon domestique.

Il sort et revient.

SCÈNE 3
LUCIEN, BRETEL

LUCIEN. – Entrez !

BRETEL, *fort accent belge.* – Bonjour, Monsieur, ça va bien... à c't'heure ?

LUCIEN. – Hein ?

BRETEL, *avec admiration.* – Oh ! gott, gott, gott[1]... ouïe, ouïe, ouïe, ça est chenu[2] tout de même, ici ! tu sais ?

LUCIEN, *riant.* – Ah ! nature simple, primitive, la voilà ! *(Haut)* hein ! ça vous plaît, ça ?

BRETEL. – Pour sûr, alors, ç'aïe de la belle article, tout ça, savez-vous !

LUCIEN, *à moitié riant.* – Oui, mon ami. Seulement, vous auriez pu vous nettoyer les pieds avant de venir...

BRETEL. – Moi ! Eih ! qu'est-ce que tu dis, j'ai pris un bain de rivière avant-hier, comme par hasard.

LUCIEN. – Non, vos bottes !... vous auriez pu vous essuyer avant d'entrer... Le tapis est fait pour ça.

1. **Gott, gott, gott :** mon Dieu, mon Dieu, mon Dieu...
2. **Chenu :** ancien et richement meublé.

BRETEL. – Eh bien ! alors, il n'y a pas de temps de perdu...

Il se frotte les pieds sur le tapis

LUCIEN. – Eh ! non ! Eh ! pas là !...

BRETEL. – Eh bien, alors qu'est-ce que tu chantes que le tapis est fait pour ça.

LUCIEN. – Oh ! mais il est d'un primitif exagéré !...

Il dépose sa cigarette sur un cendrier qui est sur la cheminée.

BRETEL. – Tiens ! qu'est-ce que vous faites, monsieur ?... Tu déposes tes moignons de cigarettes dans des assiettes ?

LUCIEN. – Ce n'est pas une assiette ! c'est un cendrier. C'est fait pour mettre les bouts de cigares et de cigarettes, et enfin toutes les choses pas propres qu'on me jetterait sur le tapis.

BRETEL. – Voyez-vous ça, tout de même... Ça est ce que l'on appelle généralement de la raffinerie[1].

LUCIEN, *riant.* – Non, pas généralement... rarement !... Tenez ! restez un peu tranquille, j'ai une lettre importante à achever et je suis à vous.

BRETEL. – Alleï ! Alleï !

LUCIEN, *écrivant le dos tourné à Bretel, pendant que celui-ci inspecte l'appartement (il relit).* – « Hélas, ma chère Dora, il est des circonstances dans la vie où l'on doit faire le sacrifice de son bonheur à son devoir... »

BRETEL, *avec conviction.* – Oui !

LUCIEN, *se retournant.* – Hein ?

BRETEL. – Oui, ça est bien !... Tu parles comme un curé... sais-tu ?... ça est bien, voilà !

LUCIEN. – Oh ! non, mais de quoi se mêle-t-il ?

1. **Raffinerie** : Bretel veut dire : « raffinement ».

BRETEL, *répétant.* – « On doit, dans la vie, avoir de sacrés fils pour son bonheur et son devoir ! » Très bien ! Ça est comme qui dirait une farandole… une farandole[1] de l'Évangile.

LUCIEN. – Hein !

BRETEL. – Une farandole de l'Évangile !… C'est-à-dire que ça roule bien à l'*orelle*, et ça ne veut rien dire…

LUCIEN. – C'est un type ! Allons ! Laissez-moi écrire… *(écrivant)* « son bonheur à son devoir »… Si je sais comment tourner ça. « Je t'ai donné souvent des preuves de mon amour… »

BRETEL. – De son amour !… c'est une lettre à du sexe[2], ça… *(il regarde un tableau qui représente « Léda et son cygne », à part)* Ouïe, ouïe ! qu'est-ce que ça est tout de même que cette jeune fille qui s'a fait tirer comme ça[3], habillée avec une volaille sur les genoux ?… *(haut)* Dis donc, M'sieur, c'est-y une de ta *famile*, cette madame-là ?…

LUCIEN. – Quoi ? Quelle dame ?

BRETEL. – Cette madame qui plume une oie et qu'a peur de salir ses vêtements ?

LUCIEN. – Hein !… la Léda ?… vous êtes fou ! Laissez-moi écrire !

BRETEL. – Alleï ! Alleï !

LUCIEN, *écrivant.* – « Des preuves de mon amour, tu n'as donc pas à en douter… aussi faut-il des raisons… »

BRETEL, *à la cheminée, voyant une statuette d'une Diane quelconque.* – Ça est une belle posture, tout de même… *(haut)*. M'sieur !

LUCIEN. – Quoi encore ?

1. **Farandole :** Bretel veut dire : « parabole », c'est-à-dire une histoire illustrant une moralité, comme on en trouve dans la Bible.
2. **À du sexe :** Bretel veut parler du « sexe féminin », c'est-à-dire « une femme ».
3. **Se faire tirer le portrait (familier) :** se faire photographier ou faire peindre son portrait.

BRETEL. – C'est-y de votre *famile*, cette madame-là ?

LUCIEN. – Oh ! mais, il m'embête...

BRETEL. – Pourquoi que vous la laissez courir comme ça, toute nue ?... Pourquoi que tu l'habilles pas... avec des petits vêtements... comme Mannekenpis[1] chez nous ?...

LUCIEN. – Ah ! çà ! dites donc, vous n'allez pas m'interrompre comme ça tout le temps ?... Faites ce que vous voudrez... mais ne parlez plus... tant que je n'aurai pas fini d'écrire.

BRETEL. – Bien.

LUCIEN, *se retournant.* – C'est vrai !... j'ai déjà assez de peine à tourner ce poulet[2] diplomatique... Voyons ! *(écrivant)* « Il faut des raisons... » Non. *(Il efface)* « Hélas ! qui m'eût dit... » Non. « J'en atteste le ciel » Non. « Dieu m'est témoin que je n'aurais jamais voulu te quitter. »

Bretel s'est assis à gauche – il tire sa pipe, la bourre et l'allume.

LUCIEN, *écrivant.* – « Mais je me vois dans la nécessité » *(se corrigeant)* « dans la dure nécessité de rompre notre lune de miel. »

BRETEL *va pour cracher, il s'arrête... regarde partout le tapis, puis prend le cendrier et crache dedans.* – C'est pas commode...

LUCIEN, *répétant.* – « De rompre notre lune de miel !... » *(parlé)* Seulement voilà, qu'est-ce qui peut bien me mettre dans la nécessité de rompre notre lune de miel ?... Oh ! j'y suis !... *(écrivant)* « J'avais engagé toute ma fortune dans les fonds calédoniens[3]... c'est une débâcle, tout y a passé... »

1. **Le Mannekenpis** : statue très célèbre à Bruxelles, représentant un petit garçon en train d'uriner.
2. **Poulet** : petit message amoureux.
3. **J'avais engagé toute ma fortune dans les fonds calédoniens** : j'avais placé toute ma fortune à la Bourse, dans des actions de Nouvelle-Calédonie.

BRETEL, *crachant dans le cendrier.* – Pas commode !

LUCIEN. – « Je suis absolument ruiné... »

BRETEL, *posant sa pipe.* – Tu es ruiné ?... vous ?

LUCIEN. – Hein ! quoi ? mais non... si vous ne vous occupiez pas de ce que j'écris...

BRETEL. – Je ne m'occupe pas... seulement, c'est vous qui dis.

LUCIEN. – Eh bien ! qu'est-ce que ça prouve ?... j'écris une lettre d'affaires.

BRETEL. – Ah ! très bien, ça est une craque[1], alors ?... je disais aussi !... C'te pauvre jeune homme qu'est ruiné, j'vas pas pouvoir rester à son service.

LUCIEN. – Ah ! je vous remercie de votre sollicitude. *(Il se remet à écrire, tandis que Bretel reprend sa pipe et continue de fumer.)* « Je n'ai pas le droit de te faire partager ma misère... tu le voudrais, que je m'y opposerais... » *(à part)* Il est bon de tout prévoir. *(écrivant)* « Tu es jeune, tu es jolie... tu as une belle carrière devant toi... va ! oublie-moi ! sois heureuse ! » *(parlé)* Là, et puis trois beaux billets de mille francs avec ça... Ah ! mais au fait, non, puisque je suis ruiné... c'est pas la peine... non ! un peu de lyrisme. *(écrivant)* « Que ne puis-je, en te quittant, t'offrir mieux que les larmes que j'ai versées. » *(tout en écrivant, il répète sur un refrain de valse)* t'offrir mieux que les larmes que j'ai versées !

BRETEL, *qui a écouté tout ce qui précède avec une émotion croissante, dépose sa pipe et sanglote.* – Ah ! ah ! ah !

LUCIEN, *se levant.* – Eh bien, qu'est-ce qu'il y a ?

BRETEL. – Ça est cette lettre de blague... qui est si triste...

LUCIEN. – Comment, c'est pour ça ?... Quel diamant ! mais voyons, puisque c'est pour rire !...

1. **Une « craque »** : une blague, une plaisanterie.

BRETEL, *pleurant.* – Ech ! je le sais bien... Si c'était pour de vrai, je serais ferme... mais puisque ça n'est pas... ça c'est pas besoin.

LUCIEN, *hausse les épaules, puis met la lettre sous enveloppe.* – Mlle Dora Brochet... là !... *(humant l'air)* Ah ça ! qu'est-ce qui sent le brûlé comme ça... ici ?

BRETEL, *humant l'air.* – Le brulëi ?

LUCIEN. – Oui, ça sent la pipe...

BRETEL. – Ah ! je sais ! c'est Gudule.

LUCIEN. – Gudule ?

BRETEL, *montrant sa pipe.* – La voilà, Gudule... c't'une *viele* amie.

LUCIEN. – Eh bien, dites donc, on ne fume pas ici...

BRETEL. – Ici ? Alleï, alleï, qu'est-ce que tu chantes ?... Tu viens de fumer toi-même, savez-vous !...

LUCIEN. – Moi !... *(à part)* Ah ! non, il est superbe ! *(Voyant Bretel qui crache dans le cendrier.)* Eh bien ! qu'est-ce que vous faites ?

BRETEL, *étonné.* – Eh bien ! je crache, Monsieur, dans l'assiette comme t'as dit.

LUCIEN. – Moi, j'ai dit ça ?

BRETEL. – Oui, t'as dit qu'elle était pour mettre les cochoncetés[1] que tu voulais pas qu'on mette sur le tapis.

LUCIEN. – D'abord, on ne crache pas dans un salon.

BRETEL. – Oui ? Eh bien, quoi donc est-ce que tu veux que j'en fasse ?

LUCIEN. – Eh ! ça vous regarde... On ne crache pas, voilà tout.

BRETEL. – Monsieur, je ne suis pas un saligaud, tu sais ?

LUCIEN. – C'est bon ! ça suffit !... Comment vous appelez-vous ?

1. **Les cochoncetés** : Bretel veut dire : « les cochonneries ».

BRETEL. – Bretel !

LUCIEN, *inscrivant.* Ça s'écrit ?...

BRETEL. – Si on veut...

LUCIEN. – Je vous demande comment ça s'écrit... Est-ce T.E.L., ou comme bretelle de pantalon ?

BRETEL. – Non, Bretel, tout court...

LUCIEN. – Quel idiot !... Enfin, ça s'écrit-il comme ça se prononce ?

BRETEL. – Pour sûr, tiens ! comme hôtel, chapelle, *boutelle, solele*... T'as donc jamais été à la laïque que tu ne sais pas faire l'*autographe*[1] ?

LUCIEN. – D'abord, mon ami, je vous prierai de perdre l'habitude de me poser ainsi des questions, ça n'est pas à vous à m'interroger... Un domestique ne doit jamais prendre la parole le premier, il doit attendre que son maître... *(voyant Bretel qui rit)* Qu'est-ce que vous avez à rire ?

BRETEL, *riant.* – Rien !... Je ris... parce que ça est rigolo, comme tu as de l'accent, tu sais...

LUCIEN, *ahuri.* – Hein ? Ah ! bien, non ! il est stupéfiant !

BRETEL. – C'est vrai, tu dis : *(l'imitant)* Un domestique, il ne doit jamais prendre la parole le premier. *(parlant)* Pourquoi est-ce que tu ne dis pas tout simplement... comme tout le monde *(avec un fort accent belge)* un domestique il ne doit jamais prendre la parole le premier.

LUCIEN, *moqueur.* – Ah !

BRETEL. – Oui ! ça te ferait pas autant remarquer, tu sais... *(l'imitant une seconde fois)* Un domestique, il ne doit jamais prendre

1. **L'autographe** : Bretel veut parler de « l'orthographe » qu'on apprend à « l'école laïque ».

la parole le premier. *(à Lucien)* Tu ne trouves pas comme ça est rigolo ?

LUCIEN, *riant*. – Il est impayable...

BRETEL. – Ah ! tu ris, toi aussi !... Gott ferdeck[1] ! tu es un chic homme, tu sais !

Il lui tape sur le ventre.

LUCIEN. – Hein ! Eh bien, dites donc, pas tant de familiarités !... *(à part)* Oh ! oh ! trop brut, ce diamant, trop brut... *(haut)* Vous saurez qu'on ne tape pas sur le ventre de son maître... et puis je vous prierai également de ne pas me tutoyer ainsi !... Je vous dis bien « vous », moi... Faites-en autant.

BRETEL. – Tu veux que je parle au pluriel ?... non !

LUCIEN. – Hein ?

BRETEL. – Non, Monsieur, tu sais, ça n'est pas possible !... « vous », à toi seul, mais qu'est-ce que je dirais quand tu serais plusieurs... Mais je ne suis pas fier, pour une fois, Monsieur, je te permets de me dire « tu », savez-vous ?

LUCIEN. – Vous êtes bien bon... Eh bien, vous ferez comme si j'étais plusieurs... Vous comprenez, n'est-ce pas ?

BRETEL. – Je te comprends...

LUCIEN. – Je veux bien vous prendre à mon service... si vous me promettez d'avoir de la bonne volonté.

BRETEL. – Oh ! pour ça !... *(il crache et tend la main pour prêter serment.)* Tu peux compter pour une fois, tu sais...

LUCIEN. – Et puis, vous serez économe ?... Je ne veux pas qu'on soit dépensier... *(Bretel tend la main et veut cracher comme plus haut. Lucien l'arrête.)* Non, ce n'est pas la peine... Enfin, vous aurez de

1. **Gott ferdeck** : déformation probable de « God verdorie ». Cette expression flamande, assez vulgaire, peut se traduire par « Nom de Dieu ! ».

la tenue, nous ne sommes plus dans les champs, ici... D'abord, vous trouverez une livrée pour vous, là, dans une chambre.

BRETEL. – Une livrée ?

LUCIEN. – Oui... une livrée, un costume, enfin !... bleu, avec des boutons d'or.

BRETEL. – Une mascarade.

LUCIEN. – Vous irez le mettre tout à l'heure... Quand on sonnera vous irez ouvrir... Vous ne ferez pas aux visiteurs des questions indiscrètes... leur nom simplement ; si on ne veut pas vous le dire, vous n'insisterez pas...

BRETEL. – Bien !

LUCIEN. – S'il vient une lettre, un paquet pour moi... vous ne me le présenterez pas à même la main, vous le mettrez sur un plateau... Il y a un plat pour ça.

BRETEL, *tout en écoutant se met les doigts dans le nez.* – Bien.

LUCIEN. – Enfin, quand je vous parle, vous éviterez de vous fourrer les doigts dans le nez.

BRETEL. – Oh ! gott ! gott ! Y en a-t-il ! y en a-t-il !

LUCIEN. – Voilà ce que j'ai à vous dire pour le moment... Je vous donnerai cinquante francs par mois.

BRETEL. – Ça est bien.

LUCIEN. – Le blanchissage.

BRETEL, *avec une moue.* – Peuh !

LUCIEN. – Le vin.

BRETEL. – Non, pas de vin, sais-tu, Monsieur, du farro[1] !

LUCIEN. – Ça, c'est votre affaire.

BRETEL. – Et le milk-café.

LUCIEN. – Le milk-café ?

1. **Farro** : sorte de bière belge.

LUCIEN. – Tenez, on sonne ! Allez ouvrir. Moi, je vais passer une jaquette[1]. Vous m'apporterez mes bottines.

BRETEL. – Oui, Monsieur...

Il remonte au fond, tandis que Lucien se dirige vers la gauche, deuxième plan.

LUCIEN. – Oh ! oh ! j'aurai de la peine à le former.

Il sort.

SCÈNE 4
BRETEL, MME PRÉVALLON

Mme PRÉVALLON, *bégayant. Elle est suivie de Bretel qui tient une paire de bottines à la main.* – Mo-o-onsieur Lucien... Fé...erret !

BRETEL, *riant.* – Ah ! ah ! elle est rigolo aussi, celle-là... *(haut)* Comment est-ce que tu t'appelles ?

Mme PRÉVALLON, *choquée.* – Qué-é-est-ce que vous dites ?

BRETEL. – Comment est-ce que tu t'appelles ?

Mme PRÉVALLON. – Impépé-pépé-pépertinent ! Je-e-e-vous dé-dé-défends de me tu-utu-tutu...

BRETEL. – Tutu !

Mme PRÉVALLON. – Tutuoyer !... Anno...oncez... Madame de Prépréva-allon !

BRETEL. – Madame de Prépréva-aallon ?

Mme PRÉVALLON. – Non, Pré...vallon, butor !

BRETEL. – Madame Prévallon-butor ! ça est égal ! tout ça, ça est pas la peine, sais-tu, Madame... C'est pas toi qu'es sa bonne amie, pour une fois.

Mme PRÉVALLON. – Hein ?

1. **Jaquette** : veste.

BRETEL. – Eh bien. M. Ferret, il reçoit que les jeunes et jolies femmes, savez-vous. Tu peux t'en aller !

Mme PRÉVALLON. – Hein... coco...coco...omment !

BRETEL. – Oui, coco...coco...mment... allez fort[1] ! allez fort !

Il lui fait signe de déguerpir.

Mme PRÉVALLON. – Malalap...malalap...appris... vous direz à M. Lulu... Lucien que je suis affreuse... affreuse...

BRETEL. – Affreuse, oui, Madame...

Mme PRÉVALLON. – Affreusement en colère... et que tout est ro-ompu entre nous... A... adieu.

Elle sort.

SCÈNE 5

Bretel, *puis* Lucien

BRETEL. – Elle est comique tout de même, la petite vieille... allons ! allons porter les bottes à Monsieur... *(Il se dirige vers la porte de gauche, deuxième plan ; se souvenant de la recommandation de Lucien, va prendre un plat sur la table et met la paire de bottines dessus.)* Voilà !

LUCIEN, *sortant de gauche.* – Eh bien ! et mes bottines ?

BRETEL. – Les voilà, Monsieur.

LUCIEN. – Hein ! Vous êtes fou !... sur un plat !...

Il les prend en entrouvrant la porte de gauche, il les dépose dans la pièce voisine.

BRETEL. – Eh bien, quoi ! tu sais donc plus ce que tu dis, Monsieur.

LUCIEN. – Vous êtes idiot !... qui est-ce qui a sonné ?

1. **Allez fort** : Allez-vous-en !

BRETEL. – Oh ! rien. Ça est une vieille dame... qui parle rigolo, et qui s'intitule, madame Préprévaaallonbutor.

LUCIEN. – Ma marraine ! Déjà !... où est-elle ?

BRETEL. – Oh ! n'aie pas peur, pour une fois... je l'ai flanquée à la porte, tu sais !...

LUCIEN. – Madame de Prévallon... à la porte !

BRETEL, *hochant la tête en riant, content de lui.* – Oui !

LUCIEN. – Espèce d'idiot ! crétin ! butor !... ma future belle-mère !

BRETEL. – Eh bien, quoi, ça est toi qui m'as dit, pour une fois, que tu ne recevais que les jeunes et jolies femmes... Elle n'est pas jolie, sais-tu ?

LUCIEN. – Vous n'êtes qu'un âne !... Taisez-vous !

BRETEL. – Qu'est-ce qu'il a donc ?

LUCIEN. – Madame de Prévallon... à la porte !... Elle doit être furieuse... Enfin, qu'est-ce qu'elle a dit ?

BRETEL. – Elle a dit que tout était rompu... Alors, il n'y a pas de mal.

LUCIEN. – Non ! comment donc, au contraire !... Voilà un parti superbe que cet imbécile me fera perdre... Est-ce que vous êtes ici pour me faire du tort ? *(On sonne)* On sonne ; vous n'entendez pas ?

BRETEL. – Oui.

Il court, ahuri, au fond, et sort.

SCÈNE 6

LUCIEN, *puis* BRETEL

LUCIEN. – Eh bien, me voilà dans de beaux draps, à cause de cet animal-là !

Voix de BRETEL, *dans la coulisse.* – Oui, alleï ! filou ! voleur !... assassin !

LUCIEN. – Allons ! bon ! qu'est-ce qu'il a encore fait ? *(appelant)* Bretel ! Bretel !

BRETEL, *paraissant.* – Monsieur ?

LUCIEN, *sec.* – Qu'est-ce qu'il y a encore ?

BRETEL. – Euh ! c'est une *canalle* de gâte-sauce de restaurant, qui apportait de la *victualle*[1].

LUCIEN. – Eh bien ?

BRETEL. – Eh bien ! sais-tu pas, Monsieur... il comptait six francs un *viel*[2] poulet qui est mort de la pépie[3], bien sûr, pour une fois... et une espèce de gâteau de viande qu'il appelait de la pâtée, cinq francs.

LUCIEN. – Eh bien ?...

BRETEL. – Eh bien, tu m'as recommandé d'être économe. C'est de la volerie[4], tout ça... À Arcquedines, une poule vaut vingt-cinq sous... Alors, je ne t'ai pas fait de tort, sais-tu, cette fois !... Je l'ai flanqué à la porte.

LUCIEN. – Encore ? Mais vous avez donc la manie de flanquer les gens à la porte !... Qu'est-ce que nous allons manger, alors ?

BRETEL. – Ça est égal... tu ne mangeras pas s'il le faut, mais tant que Bretel sera là... on ne te volera pas, savez-vous !

LUCIEN. – Oh ! ce qu'il commence à m'agacer !... Eh bien qu'est-ce que vous restez là ?... Courez au moins acheter quelque chose... un poulet froid chez le rôtisseur. Et pourquoi n'êtes-vous pas en livrée ?... Je vous avais dit de la mettre.

1. **C'est une *canalle* de gâte-sauce de restaurant, qui apportait de la *victualle*** : c'est un garçon de restaurant qui apportait les victuailles (nourriture) commandées par Lucien : un poulet et un pâté en croûte. Bretel le traite de « canaille ».
2. **Viel** : vieux.
3. **Pépie** : maladie des volailles qui provoque la mort de l'animal par déshydratation.
4. **C'est de la volerie** : Bretel veut dire : « C'est du vol ».

BRETEL. – La livrée !... un poulet froid... Oui, Monsieur, ouïe, ouïe, ce qu'il y a de la peine dans cette maison[1] !

On sonne.

LUCIEN. – Allez ouvrir, d'abord.

BRETEL. – Oui... ouf !

Il court ouvrir.

LUCIEN. – Quelle brute !...

SCÈNE 7

LES MÊMES, DORA

BRETEL, *annonçant*. – Madame ta bonne amie.

LUCIEN. – Hein ?

DORA. – Qu'est-ce qu'il dit ?

LUCIEN. – Voilà une façon d'annoncer !

DORA, *le considérant*. – Ah ! c'est là, le diamant ?... Il ne paraît pas d'une belle eau[2].

LUCIEN. – Ah ! ne m'en parle pas !... Il fait sottise sur sottise... *(à Bretel)* Eh bien ! allez, allez ! On n'a pas besoin de vous.

BRETEL. – Je vas mettre la *livréie*.

Il sort.

DORA, *posant différents paquets sur le bahut*. – Voici mon dessert.

LUCIEN, *à part*. – Sapristi !... Pourvu que ma marraine ne tombe pas en ce moment.

DORA. – À quoi penses-tu ?

1. **Ce qu'il y a de la peine dans cette maison** : qu'est-ce qu'il y a comme travail dans cette maison !
2. **Une belle eau** : on dit qu'un diamant a une « belle eau » quand il est sans défaut, tout à fait transparent.

LUCIEN. – Ah ! à des affaires sérieuses.

DORA. – Tu es tout chose depuis quelques jours.

LUCIEN, *à part.* – Elle me tend la perche ! Abordons !... *(haut)* C'est qu'en ce moment, vois-tu, je traverse une crise... Il y a des circonstances dans la vie...

DORA, *subitement.* – Oh !

LUCIEN. – Quoi ?

DORA. – Comme ça sent la pipe, ici !

LUCIEN. – Ah !... la... pipe, ici ?

DORA. – C'est une horreur !... quelle infection !

LUCIEN, *à part.* Maudite pipe !... J'étais si bien parti ! *(haut)* C'est cet imbécile qui s'est permis de fumer dans le salon.

DORA. – Mais c'est horrible !... Et tu as permis ?... Où est le vaporisateur ?

LUCIEN. – Le vaporisateur ?... Dans mon cabinet de toilette... Attends !

Il sonne.

DORA. – On n'a jamais vu un domestique pareil !

SCÈNE 8

LES MÊMES, BRETEL

BRETEL, *en pantalon et manches de chemise.* – Ça a sonné... C'est-y toi, Monsieur ?

LUCIEN. – Parfait !... Très bien !... Vous venez ici en chemise, maintenant !

BRETEL. – J'étais en train de me déshabiller... Alors, pour ne pas te faire attendre...

LUCIEN. – C'est bien !... Vous allez aller dans mon cabinet de toilette... Vous trouverez un vaporisateur... Vous l'apporterez.

BRETEL. – Un quoi ?

LUCIEN. – Un vaporisateur !... C'est une sorte de flacon, de récipient !... Vous verrez ce que je veux dire, ça a un tuyau en caoutchouc comme un biberon.

BRETEL. – Oui... Je trouverai, je trouverai...

Il sort en courant à droite.

SCÈNE 9

LES MÊMES, *moins* BRETEL

DORA. – Pourquoi ton domestique te tutoie-t-il ?

LUCIEN. – Je lui en ai fait l'observation... Mais qu'est-ce que tu veux ?... il est belge.

DORA, *trouvant le vaporisateur sur un meuble.* – Eh ! mais... le voilà, le vaporisateur... *(elle vaporise à droite et à gauche)* Ah ! j'aime mieux ça !

LUCIEN. – Moi aussi !... *(à part)* Comment revenir à la grande question ?... Il n'y a pas... il faut que je liquide aujourd'hui même... *(haut)* Hum !... tu sais, Dora... la lettre que je t'écrivais ce matin...

DORA, *posant le vaporisateur.* – Oui, après ?

LUCIEN, *avec une émotion jouée.* – Mais d'abord, laisse-moi t'embrasser tendrement.

DORA. – Oui... quoi ?...

Lucien l'étreint sur sa poitrine. Entre Bretel portant un objet que le spectateur ne peut pas voir.

SCÈNE 10
LES MÊMES, BRETEL

DORA, *se dégageant.* – Oh !... le domestique !

BRETEL. – Oh ! tu sais, madame, ne vous dérangez pas pour moi. Les roucoulades, je connais ça pour une fois... Quand on a été, comme moi, dans l'élève des bestiaux[1] !

LUCIEN. – Qui est-ce qui vous demande quelque chose !... Eh bien, vous n'avez rien trouvé ?

BRETEL. – Si... *(montrant un irrigateur[2])* C'est-y ce gros biberon-là, monsieur ?

LUCIEN. – Hein ! le... Voulez-vous bien cacher ça !...

DORA. – Horreur !

BRETEL. – Hein !... Qu'est-ce qu'ils ont ?

LUCIEN, *lui montrant le vaporisateur.* – Tenez ! voilà ce que c'est qu'un vaporisateur... c'est ce flacon, avec ce vinaigre[3] dedans !

BRETEL. – Ce vinaigre !... Ah !

LUCIEN. – Et maintenant, allez !

Bretel sort par le fond.

1. **L'élève des bestiaux** : Bretel veut dire : « dans l'élevage des animaux ».
2. **Irrigateur** : ici, appareil médical servant à faire des lavements intestinaux.
3. **Vinaigre** : désigne ici une préparation acidulée servant à désodoriser ou assainir une pièce.

SCÈNE 11
LUCIEN, DORA

LUCIEN, *riant.* – Cet homme est horrible !

DORA. – Horrible !... Mais qu'est-ce que tu me disais donc quand il est venu nous interrompre ?... Ah ! oui, tu me parlais de la lettre...

LUCIEN, *à part.* – C'est elle qui y revient... *(haut)* Oui, je te parlais de ma lettre... Ma lettre ! Ah ! il a fallu, pour que je prisse la pénible détermination de t'écrire, que j'y fusse réduit par une cruelle extrémité...

DORA. – Ah ! mon Dieu !... Je vois ce que c'est !... C'est une rupture !

LUCIEN. – Hein ! une... Ah ! là... comme tu y vas !...Une rupture ? Non... une séparation tout au plus...

DORA, *éclatant.* – Allons donc !... dis-le donc... Oh ! je sentais bien que tu ne m'aimais plus depuis quelque temps... Va ! on n'abuse pas une femme qui aime !... Je vois clair à présent !

LUCIEN, *à part.* – Aïe ! aïe !... Voilà ce que je craignais !

DORA. – Et moi qui me disais : Cette lettre est une surprise... une attention pour mes vingt-deux... ou trois ans. Ah ! bien, oui !... Monsieur, n'écoutant que sa satiété, foulant aux pieds les sentiments les plus sacrés de l'amour, s'inquiétait peu de briser un cœur assez naïf pour aimer.

LUCIEN, *à part.* – Aïe ! aïe ! aïe ! aïe !

DORA. – Oh ! bête !... bête !... trois fois bête la femme qui se laisse séduire par ces suborneurs[1] que vous êtes tous !... On me l'avait bien dit, l'homme aime avant, la femme après... Voilà !...

1. **Suborneur** : qui a de mauvaises intentions. Ici, séduire une femme pour profiter d'elle.

Elle tombe assise sur une chaise.

LUCIEN, *à part.* – Qu'elle est embêtante !... *(haut)* Voyons, Dora ! *(se mettant à genoux devant elle)* Dora, calme-toi !...

DORA. – Laissez-moi, Monsieur !

SCÈNE 12

LES MÊMES, BRETEL

Bretel entre vivement du fond. Il a mis la capote militaire, le pantalon rouge de Lucien, et tient le képi à la main. En voyant la scène, il fait « Oh !... » et sort vivement... Une fois dehors, il frappe à la porte.

BRETEL, *passant la tête par l'entrebâillement de la porte, de façon à ce que Lucien ne voie pas son uniforme.* – Ça est bien un poulet qu'il vous faut ?

LUCIEN, *sèchement.* – Oui !

BRETEL. – Dis donc, Monsieur, ça pleut dehors... Est-ce que je peux t'y prendre le parapluie ?

LUCIEN. – Eh ! oui... Allez !

Bretel sort.

SCÈNE 13

LUCIEN, DORA

LUCIEN. – Voyons, Dora, écoute-moi !... Tu es une enfant... Je te dis qu'il n'y a rien de changé dans mon amour pour toi... C'est ma situation qui n'est plus la même... Enfin, veux-tu que je te dise... je suis ruiné !

DORA. – Ruiné ?

LUCIEN. – Absolument !... C'est là ce que je t'écrivais, ce matin... Tiens, tu pourras lire ma lettre.

DORA. – Alors, c'est parce que tu es ruiné que... Ah ! quel bonheur !

LUCIEN. – Je te remercie de l'intérêt que tu prends à mon désastre.

DORA. – Non... je veux dire : ça n'est pas parce que tu ne m'aimes plus que...

LUCIEN. – Oh ! Pouvais-tu le penser ?

DORA. – Et comment ça t'est-il arrivé, mon pauvre Lucien ?

LUCIEN. – Eh bien, tu sais, l'appât du gain... J'avais engagé ma fortune dans des spéculations qui devaient me rapporter de gros bénéfices... Un coulissier, qui est très fort, m'avait dit : « Il y a un gros coup à faire dans les... » ... Mais ça ne t'intéresserait pas... C'est de la Bourse... tu n'y comprendrais rien !...

DORA. – Mais si ! mais si !... je comprends très bien... Moi aussi, j'ai mes petites économies que je fais valoir[1]... Eh bien, dans les quoi... voyons ?

LUCIEN. – Eh bien, dans les fonds Calédoniens.

DORA, *se dressant.* – Les fonds Calédoniens !... Ah mon Dieu !... mais, moi aussi, j'ai presque tout dans les fonds Calédoniens ! Alors, je suis ruinée !...

LUCIEN. – Hein, tu... *(à part)* Eh bien ! Je tombe bien !... *(haut)* Mais non, mais non... tu n'es pas ruinée.

1. **Faire valoir son argent :** le faire fructifier.

Lucien dit qu'il a placé de l'argent à la Bourse, sur les conseils d'un coulissier (quelqu'un qui obtient secrètement des renseignements) et qu'il est ruiné parce que les actions qu'il avait achetées (des fonds de Nouvelle Calédonie) ont baissé (elles ont perdu de leur valeur).

DORA, *très agitée.* – Comment, non !... Si tu perds, moi aussi !... Et l'on me trompait !... On me disait que cela montait tous les jours !

LUCIEN, *vivement.* – Mais justement !... Moi, je jouais à la baisse.

DORA. – Hein ?

LUCIEN. – Alors, plus ça montait, tu comprends ?... plus je dégringolais !... voilà.

DORA. – Oui !... ah ! merci.

LUCIEN. – Il n'y a pas de quoi.

DORA. – Si tu savais combien j'ai eu peur !... Te perdre et perdre mes valeurs en même temps, ça aurait été trop à la fois.

LUCIEN. – Oh ! oui... moi, je suffis bien...

DORA. – Mon pauvre Lucien ! Comment vas-tu faire ainsi, tout seul ?... Car tu as raison, je n'ai pas le droit de te rester à charge... Oh ! ne t'inquiète pas de moi, je trouverai bien à me pourvoir[1]...

LUCIEN. – Oui ?

DORA. – Je serai toujours une amie pour toi, tu sais.

LUCIEN. – Ah ! merci ! brave Dora !... *(à part)* Et voilà les femmes ! Elles ne vous permettent pas de les lâcher quand vous avez assez d'elles. Elles vous le permettent quand vous n'avez plus assez pour elles.

DORA. – Mais toi, dis, que vas-tu faire ?

LUCIEN. – La seule chose qui me reste. Je vais me marier.

DORA. – Toi !... Avec qui ?... Une femme que tu aimes ?

1. **Je trouverai bien à me pourvoir** : je saurai bien trouver quelqu'un pour me faire vivre.

LUCIEN. – Mais non !... Mais non !... Ah ! là... Une femme que j'aime ! Non c'est un très beau parti[1], voilà tout !... Puisque je suis ruiné, il faut bien que...

DORA. – Oh ! mais promets-moi que tu épouses une femme laide ?

LUCIEN. – Laide ?... Un monstre... Est-ce que je l'épouserais sans ça ?

DORA. – Ah ! merci !...

LUCIEN, *à part.* – Eh bien, ça a très bien mordu.

SCÈNE 14

LES MÊMES, BRETEL

BRETEL, *arrivant effondré. Il est en uniforme et a, à une main, un poulet enveloppé, à l'autre, une ombrelle de femme. L'ombrelle, en satin rouge, est trempée.* – Ouf !

LUCIEN. – Vous ?... et dans mon uniforme !

DORA. – Et mon ombrelle !... Dans quel état !

LUCIEN. – Qu'est-ce que cela veut dire ?

BRETEL. – Ouïe ! ouïe ! Gott ferdeck, monsieur... si tu savais ce qui m'arrive !... Tout à l'heure, je descends dans la rue... Tout à coup, en tournant, je me cogne, sais-tu, contre un monsieur, en mascarade, comme moi, qui m'appelle et qui me dit : « Eih ! Sargent... Qu'est-ce que ça est que ces manières de se promener en tenue, avec un parapluie ridicule... »

LUCIEN. – Vous dites ?

1. **Un « beau parti »** : personne riche que l'on épouse pour son argent.

BRETEL. – Je lui réponds : « Qu'est-ce que ça te fait, monsieur... ? » Là-dessus, mon bonhomme devient rouge... comme mon pantalon... et il me dit un tas de machines... qu'il est adjudant de place, qu'il a dit... qu'j'étais en état d'ébriévété[1], et il m'arrache ma casquette pour voir mon numéro immatricule[2], qu'il disait... qu'est-ce que ça est, tout ça, monsieur... qu'est-ce que ça est ?

LUCIEN. – Mais malheureux... vous avez donc juré ma perte !... ah ! vous me mettez dans de beaux draps !

BRETEL. – Moi ?... Allons, qu'est-ce que j'ai encore fait ?

LUCIEN. – Un rapport à la Place●... avec mon numéro matricule... C'est sur moi que tout cela va retomber... Et alors, la prison... et tout cela pour... Ah ! tenez ! je vous flanque dehors... j'ai assez de vous !

BRETEL. – Moi ! oh !

DORA. – Une ombrelle toute neuve !... de quoi ça a l'air !...

Elle l'ouvre.

BRETEL. – J'ai t'y pas demandé la permission de la prendre ?

LUCIEN. – Taisez-vous !... Me voilà joli, moi !... Quoi ?... il faudra que je coure à la Place aujourd'hui... que je leur explique... Butor, va !

BRETEL. – Dieu !... Que le service est dur, à Paris.

LUCIEN. – Allons, allez retirer cet uniforme, et servez-nous enfin à déjeuner !

BRETEL. – Oui... Voilà le poulet !...

Il dépose son paquet.

1. **Ébriévété** : Bretel veut dire « en état d'ébriété », c'est-à-dire ivre.
2. **Numéro immatricule** : le numéro matricule indique l'identité d'un soldat.

● **« La Place » indique le lieu du poste de commandement. Les militaires qui se comportent mal alors qu'ils sont en uniforme risquent la prison.**

SCÈNE 15
LUCIEN, DORA

LUCIEN. – Oh ! je suis furieux !... On n'a pas idée d'une imbécillité pareille... Quel crétin !... Ah ! j'ai eu une heureuse idée d'aller chercher ce diamant brut !

DORA. – Pauvre garçon : il est bête, mais pas méchant. S'il pèche c'est par excès de zèle[1].

LUCIEN. – Oui, l'ours aussi, avec ses pavés... Mais ça vous écrase tout de même●.

DORA. – Allons, calme-toi ! de la patience !... Quand on se marie, mon cher, il faut s'en armer...

LUCIEN. – Oh ! ne m'effraie pas d'avance !...

DORA. – C'est égal !... Je voudrais la voir, ta fiancée !... quel âge a-t-elle ?

LUCIEN. – Oh ! cinquante... cinquante-cinq ans... C'est une vieille médaille... Si tu avais été là tout à l'heure, tu l'aurais vue...

DORA. – Alors, c'est un mariage platonique[2] ?

LUCIEN. – Parbleu !... une femme de cinquante-cinq ans... Est-ce que tu crois que je me permettrais de lui manquer de respect... Une sinécure, je te dis... j'épouse une sinécure[3].

DORA. – Paresseux !... *(ils rient)* Ah çà ! on ne va pas servir ?... Je meurs de faim !

LUCIEN. – Oui, attends !... *(appelant)* Bretel, Bretel !

1. **S'il pèche c'est par excès de zèle** : expression qui signifie « s'il fait toutes ces bêtises, c'est parce qu'il veut trop bien faire ».
2. **Platonique** : idéal, chaste, sans manifestation physique.
3. **Une sinécure** : une situation qui ne donne aucun travail, ne demande aucun effort.

● **Allusion au titre de la pièce. Voir les explications page 6.**

SCÈNE 16

Les mêmes, Bretel

BRETEL, *achevant de boutonner sa livrée.* – Voilà, Monsieur...

LUCIEN. – Eh bien, ce déjeuner, mon garçon ?

BRETEL. – Alleï ! alleï ! Monsieur, Madame, mettez-vous à table. *(On se met à table.)* Ça est un beau poulet tout de même, hein !

Il le brandit à la main.

LUCIEN. – Si vous vouliez ne pas le prendre comme ça, à même la main, hein ?... Tenez, préparez la salade pendant que je découpe...

Il découpe le poulet.

BRETEL. – Oui, Monsieur... *(il prépare la salade.)* Voyons, ça est de l'huile ça ?... *(il verse le contenu d'un huilier dans la salade)* Hein ! une bête !... *(haut)* Monsieur, est-ce que tu aimes les escargots ?

LUCIEN. – Quand ils sont bons... En voilà une question !

BRETEL, *au public.* – Bon !... alors, je le laisse... Le vinaigre, maintenant... où est le vinaigre ?... ah ! oui... *(il va prendre le vaporisateur et vaporise les feuilles de salade.)* Voilà !... du sel, du poivre, bien...

LUCIEN. – Tenez, passez le poulet à Madame...

BRETEL, *après avoir déposé le saladier sur la table.* – Tiens ! du poulet, Madame ?...

DORA. – Merci !...

Elle se sert.

BRETEL, *présentant le plat à Lucien.* – Et toi ?

LUCIEN, *répétant tout en se servant.* – « Et toi ? » Il est étonnant avec son tutoiement !

Bretel porte le plat sur le bahut, et prend un pilon qu'il va manger à l'avant-scène.

LUCIEN, *à Dora.* – Un peu de salade ?

DORA. – Oui !

Il sert Dora, puis se sert lui-même.

LUCIEN. – Pouah !... Qu'est-ce que c'est que ça ?

DORA. – Horreur !... ça sent la parfumerie !... Qu'est-ce que vous avez mis là-dedans ?

BRETEL. – J'ai mis de l'huile, sais-tu, Madame, et puis du vinaigre du biberon-là, Madame.

DORA. – Du vinaigre de Bully[1]... Mais c'est horrible !

LUCIEN. – Vous êtes donc absolument crétin !... *(Voyant Bretel qui a la bouche pleine.)* Et qu'est-ce que vous faites ?... Vous mangez du poulet ?...

BRETEL. – Monsieur, ça est du...

Il s'étrangle en avalant de travers et tout en toussant, il se précipite vers le verre de Dora dont il avale le contenu.

LUCIEN. – Eh bien ! Ne vous gênez pas !... Quel domestique, mon Dieu !... Vous savez ce que je vous ai dit : « Vous pouvez faire vos paquets... »

BRETEL. – Mais non !... ça est parce que, Monsieur, tu es habitué au service de Paris... Moi, je suis le service belge...

LUCIEN. – Il est joli, le service belge !... Et qu'est-ce que nous avons avec ça ?

BRETEL. – Mais, rien !...

LUCIEN. – C'est pas lourd !... Charmant déjeuner !

DORA. – Pour un déjeuner qui est peut-être notre dernier...

1. **Vinaigre de Bully** : sorte d'eau de Cologne inventée par le parfumeur Bully en 1824.

LUCIEN. – Ah ! ne dis pas ça... Tu me crèves le cœur. Tu vois bien que je me fais violence[1]...

DORA. – Oui ?... Oh ! mais, jure-moi que tu ne me trompes pas... Elle est bien vieille, hein ?...

LUCIEN. – Qui ?

DORA. – Ta sinécure... Tu ne vas pas épouser une jeune fille, hein ?

LUCIEN. – Moi ?... Mais non... voyons ! C'est-à-dire qu'on me proposerait toutes les jeunes filles, eussent-elles quarante ans... je n'en voudrais pas !...

DORA. – Ah ! oui... car ce serait affreux !

BRETEL. – N'aie pas peur, Madame... Il n'en voudrait pas...

LUCIEN. – Qui vous demande l'heure qu'il est ? *(on sonne)*... Tenez, on sonne... allez voir qui c'est... *(sortie de Bretel)* Il en a une couche[2] !...

BRETEL, *revenant*. – Monsieur, c'est la vieille dame de tout à l'heure.

LUCIEN, *à part*. – Ma marraine, fichtre !... *(À Dora.)* Justement, c'est la fiancée en question... Entre là, dans le cabinet de toilette... qu'elle ne te voie pas... Tu la verras par le trou de la serrure... Elle a cent onze ans.

DORA. – Cent onze ans !

LUCIEN. – Enfin, pour une épouse... *(il fait entrer Dora à droite)* *(à Bretel)* Faites entrer !

BRETEL, *appelant*. – Entre, Madame... *(à part)* Cent onze ans... elle ne paraît pas...

1. **Je me fais violence** : je me force, je fais semblant (d'être content...).
2. **Il en a une couche** : Lucien veut dire que Bretel est très bête (il a une épaisse couche de bêtise).

SCÈNE 17
LUCIEN, BRETEL, MME PRÉVALLON

Mme PRÉVALLON. – Ah ! voi...alà...mon...onsieur... Je suis ex... ex...exas...

LUCIEN, *terminant*. – ... pérée...

Mme PRÉVALLON. – Oui... après vous...

LUCIEN. – Excusez-moi, marraine.

BRETEL. – Comment qu'il l'appelle ?

LUCIEN. – J'ai appris ce qui s'était passé tout à l'heure, et j'en suis désolé... La faute en est à cet imbécile ! *(Mme Prévallon regarde Bretel qui salue de la tête.)* Il vous a mal reçue, il paraît...

Mme PRÉVALLON. – Lui ! Il a fait pi-pi... pi-pi.

BRETEL. – Moi !

Mme PRÉVALLON – Pire encore... il m'a cha cha...assée comme un vulgaire four...four...

BRETEL, *soufflant*. Fourneau.

Mme PRÉVALLON. – Euh ! fou-ournisseur[1]...

BRETEL. – Gott ferdeck ! elle doit être longue quand elle fait sa prière...

Mme PRÉVALLON. – Alors, que vous-voulez-vous ? J'ai des né-né...

BRETEL. – C'est pas possible ?

Mme PRÉVALLON. – Des nerfs... je-e suis partie.

LUCIEN. – Mais vous êtes revenue, Marraine, et vous avez bien fait. Tout cela est le résultat d'une méprise de ce jocrisse[2]...

1. **Fournisseur** : personne qui livre des fournitures (alimentaires par exemple).
2. **Jocrisse** : crétin, abruti (Jocrisse est le nom d'un personnage de théâtre comique).

(Bretel salue) Il a pris à contresens un ordre que je lui avais donné... parce que moi, vous savez, je suis avant tout un garçon sérieux, rangé, pas volage, une vraie pâte de mari, quoi ! Alors la consigne, ici, c'est : « Ne recevoir aucune jeune et jolie femme ».

Mme PRÉVALLON. – Hein ? Et c'est pour ça... Ah ! mais alors, il est très gaga-gaga...

LUCIEN. – Lui ! oui !

Mme PRÉVALLON. – Très galant...

LUCIEN, *très aimable.* – Non, c'est-à-dire, qu'il avait compris le contraire : « ne recevoir que les jeunes et jolies femmes ! »... alors, naturellement, il vous a mise à la porte.

Mme PRÉVALLON. – Hein ?

LUCIEN. – Non ! euh ! ce n'est pas ce que je voulais dire... Ah ! je suis bien content de vous voir ! et vous allez bien, marraine ?

BRETEL, *répétant.* Marraine ! *(à Lucien)* Dis donc, pourquoi est-ce que tu l'appelles « ta reine » ?

LUCIEN. – Hein ! Pourquoi ?

Mme PRÉVALLON. – Je suis venue vous voir pour pa-pa.

BRETEL. – Comment, elle l'a encore ?

Mme PRÉVALLON. – Parler de votre mariage avec ma fille...

LUCIEN, *inquiet.* – Hein ! le... hum ! pas si haut !...

BRETEL. – Le mariage avec sa *file.*

LUCIEN. – Tenez, marraine, pour causer de ça, passons donc par là.

Mme PRÉVALLON. – Pou-ourquoi ?

LUCIEN. – Il est inutile devant mon domestique... Entrez ! *(il la fait entrer à gauche. À Bretel, une fois Mme Prévallon sortie.)* Vous, allez vite trouver madame, lui dire qu'elle peut profiter de ce que nous sommes par là pour s'esquiver... Allez !

BRETEL. – Oui.

LUCIEN. – Ah ! vous ajouterez qu'en vous parlant d'elle, j'avais des larmes dans la voix... que vous m'avez vu pleurer à la perspective de la quitter.

BRETEL, *étonné*. Pleurer ?

Voix de Mme PRÉVALLON. – Eh... Eh bien, Lu-cien !

LUCIEN. – Voilà, marraine... *(chantant sur l'air de « En revenant de la Revue ».*●*)*

« Gais et contents
Nous marchions triomphants... »

Il sort.

SCÈNE 18
BRETEL, DORA

BRETEL. – Ça est tout de même une drôle de façon de pleurer pour une fois. *(Ouvrant la porte de droite)* Madame !

DORA. – Quoi ?

BRETEL. – Ça est Monsieur qui m'a dit de te dire, savez-vous, que si tu voulais t'esquiver, qu'il a dit, tu pouvais à c't'heure.

DORA. – Merci ! je me sauve... et c'est tout ce qu'il a dit ?

BRETEL. – Ah ! si ! Tu lui diras, qu'y disait, que j'ai des larmes dans la voix et que je suis occupé à pleurer...

DORA. – Vraiment ? Pauvre garçon !

● ***En revenant de la Revue*** **est une chanson comique écrite par Paulus en 1886.**

BRETEL. – Oui. Et il *chantaie*, sais-tu, madame, il *chantaie... (l'imitant)* : « Gais et contents, nous marchions triomphants »... Ça est bien triste, savez-vous !

DORA. – Oui ! C'est pour s'étourdir...

BRETEL. – Voilà ! Mais pourquoi est-ce que tu nous quittes ?... T'as donc pas du plaisir, ici ?

DORA. – Mon ami, il faut savoir écouter sa raison...

BRETEL. – Sa raison ?

DORA. – Votre maître a perdu toute sa fortune.

BRETEL. – Hein ! Qu'est-ce que tu dis, madame, sa fortune ! Comment, tu crois aussi !... C'est pour la lettre qu'il a écrit tout à l'heure ? Ah ! elle est bonne !... ah ! elle est rigolo !

DORA. – Hein !

BRETEL. – Comment, tu sais donc pas ? Mais ça est une craque, sais-tu !... Je peux te le dire à toi ; tu es de la maison, pour une fois... Monsieur Lucien te dit tout à toi, ça est une craque !... Il est pas ruiné du tout !... Ah ! elle est bonne !... Ah ! elle est bonne !

Il éclate de rire.

DORA. – Qu'est-ce que vous racontez là ? Vous ne savez ce que vous dites... Puisqu'il en est réduit à épouser cette vieille dame...

BRETEL. – Mais non ! mais non ! Qu'est-ce que tu ne sais donc rien ? Ça est la vieille dame qui est sa reine, qu'il dit ! et qui veut lui marier sa *file*... Mais oui, madame, c'est la *file* !

DORA. – Sa fille !...

BRETEL. – Oh ! mais rien à craindre, madame, tu sais... Monsieur Lucien, il t'a dit qu'il marierait pas la jeune fille avec lui !... il mariera pas !... et tu croyais, toi madame !... ah ! ça est une veine que j'aie été là !... tu serais partie !... Hein ! et alors, tu vois !... Mais Bretel est là et il arrange tout... Tiens ! rentre là, madame, espère un instant, espère[1]... *(il la fait rentrer à droite)* Ah ! c'est monsieur qui va avoir du plaisir !

SCÈNE 19

BRETEL, *puis* LUCIEN, MME PRÉVALLON

BRETEL, *ouvrant la porte de gauche.* – Monsieur ?

LUCIEN. – Hein ! *(bas)* Eh bien, elle est partie ?

BRETEL. – Oui, oui ! *(à part)* Je veux qu'il ait une surprise !

LUCIEN. – C'est bien... *(à Mme Prévallon)* Venez, marraine !

Mme PRÉVALLON. – Me voilà ! A-alors, c'est à nouveau pour-our le mariage... Vous m'allez... Je voulais prendre un gar-gar un garg-gar...

LUCIEN, *voulant l'aider.* – Un gargarisme.

Mme PRÉVALLON. – Non... un gar...çon sérieux. Vous êtes le gen-gen, le gen-gen.

BRETEL. – Le Jean-Jean ?

Mme PRÉVALLON. – Le gendre rêvé !

LUCIEN. – Marraine, vous me flattez.

Mme PRÉVALLON, *qui a été à la cheminée et considère le portrait de Dora.* – Quelle est cette jo-jo... jo-olie femme ?

LUCIEN. – Aïe ! rien, c'est une photographie... une vieille photographie d'Agnès Sorel●.

1. **Espère un instant, espère... :** attends un moment, attends...

● **Agnès Sorel a vécu à la cour du roi Charles VII, vers 1430 (la photographie ne sera inventée que 4 siècles plus tard !).**

Mme PRÉVALLON. – Ça ?

BRETEL. – Oui, ça est sa bonne amie, tu vois bien, madame.

Mme PRÉVALLON. – Hein ! que-est-ce qu'il a dit ?

LUCIEN, *à part*. – Le crétin ! *(Haut)* Oui... c'est... c'est une bonne amie... une bonne vieille amie.

BRETEL. – Qu'est-ce que tu dis, une *vielle* amie ? *Vielle*, elle !... Mais alors, qu'est-ce que tu dirais de Madame ?

Mme PRÉVALLON. – Hein ?

LUCIEN. – Vous n'allez pas vous taire, vous ? *(À Mme Prévallon)* Marraine, ne faites pas attention à ce que raconte cet imbécile, il ne sait ce qu'il dit...

Mme PRÉVALLON. – Cependant... euh ! ce-ette bonne amie !

LUCIEN. – S'il faut tout vous dire, j'ai eu la douleur de la perdre !

BRETEL. – Oui... tu crois ça ! Non, heureusement pour toi, Bretel était là, lui... il a empêché d'avoir la douleur de la perdre. Elle est toujours là, ta bonne amie. Tu vas la revoir, ta bonne amie !

Il se dirige vers la chambre.

LUCIEN. – Hein ! mais il est fou !...

Mme PRÉVALLON. – Oh ! Mo-onsieur... je vous rere-re-prends ma fille.

BRETEL, *revenant*. – Mais est-ce que tu crois qu'il en veut de ta *file* ? Mais tu peux la garder, ta *file* !... il l'a dit encore tout à l'heure à sa bonne amie. Il n'y a pas de danger qu'il l'épouse, ta *file*... Seulement, ça est une bonne nature, il n'ose pas te le dire, sais-tu, madame, mais je te le dis, moi.

Mme PRÉVALLON. – C'est... est affreux !

LUCIEN. – Vous n'allez pas vous taire, misérable !

BRETEL. – Non ! ça est pour ton bien. Je vas chercher ta bonne amie.

LUCIEN. – Si tu fais ça !...

BRETEL. – Laisse donc ! *(Il ouvre la porte de droite.)* Entre, madame !

SCÈNE 20

LES MÊMES, DORA

LUCIEN, *stupéfié.* – Dora !

DORA. – Lucien !

Mme PRÉVALLON, *scandalisée.* – Oh ! monsieur, tout est fifi...iini entre nous.

Elle remonte.

LUCIEN, *se précipitant.* – Marraine !

Mme PRÉVALLON. – Lai-laissez-moi !

Elle sort furieuse.

LUCIEN. – Partie ! *(À Bretel.)* Oh ! triple buse, va !... Tout est à recommencer, maintenant !

DORA. – Ah ! mon cher Lucien... je savais bien que c'était une épreuve !

LUCIEN. – Ah ! oui, comment donc !

DORA. – Embrasse ta petite femme !

LUCIEN, *grinçant des dents.* – Ta petite femme !

Il l'embrasse avec mauvaise humeur.

BRETEL. – Eh bien ! tu vois que tu es content, monsieur.

LUCIEN. – Content ! Tiens !

Il lui donne un coup de pied qui l'envoie rouler à plat ventre.

BRETEL. – Oh ! zut !

LUCIEN, *avec enthousiasme.* – Oh ! les domestiques parisiens !

Il va rejoindre Dora qui l'a entraîné doucement sur la causeuse[1].

DORA. – Mon cher Lucien...

LUCIEN, *avec écœurement.* – Ma chère Dora !

BRETEL, *se relevant.* – Alleï ! alleï ! Bretel, les maîtres, ça est toujours des ingrats, savez-vous !

RIDEAU

1. **Causeuse** : petit canapé où l'on peut s'asseoir à deux.

Eugène Charles François Guérard (1821-1866), Bal à l'Opéra.

Les Pavés de l'ours/Le Gora

Deux comédies vaudevilles

REPÈRES

PARCOURS DE L'ŒUVRE

TEXTES ET IMAGE

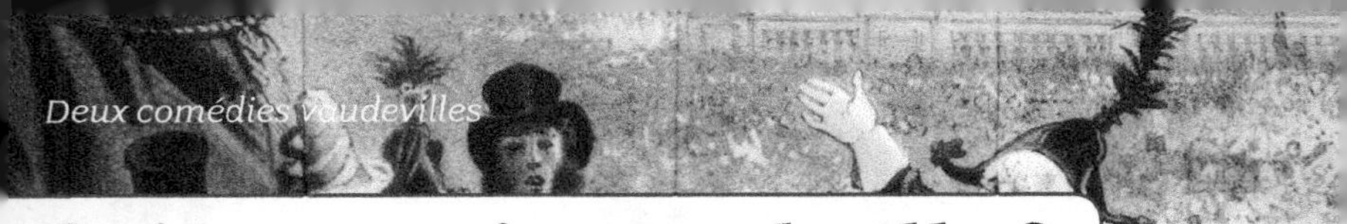

Qu'est-ce qu'un vaudeville ?

Le théâtre est un loisir très apprécié au XIXe siècle à Paris. On y joue toutes sortes de pièces comme Cyrano de Bergerac, et le public acclame des comédiens* célèbres, comme Sarah Bernhardt ou Coquelin Cadet. La comédie plaît particulièrement et un genre nouveau s'affirme : le vaudeville*.

• UN GENRE TRÈS ANCIEN, TYPIQUEMENT FRANÇAIS

Le vaudeville existe depuis la fin du Moyen Âge. À cette époque-là, ce sont de petites chansons amusantes que les comédiens intercalent dans les pièces de théâtre parlé.

Ces chansons reprennent des airs connus et se moquent des évènements de l'actualité.

Le vaudeville est donc en France, jusqu'au XVIIIe siècle, la meilleure façon de se moquer de tous les évènements survenant à la cour du roi ou chez les personnages haut placés. Les pièces de théâtre commencent alors à intégrer des dialogues chantés : c'est le début de « l'opéra-comique ».

• UNE INTRIGUE AMOUREUSE

Au XIXe siècle, le vaudeville devient une comédie à part entière, très populaire. L'intrigue repose le plus souvent sur une relation amoureuse ou basée sur l'argent. L'action est simplifiée, l'objectif est de faire rire le public par de bons mots et de multiples « coups de théâtre »*.

• DE NOMBREUX REBONDISSEMENTS

L'intrigue est généralement assez mince. Le vaudeville met plutôt en scène une suite de rebondissements*. Le spectateur s'amuse de l'enchaînement des « gags » ou des « sketches »*, dans ce qui ressemble beaucoup à une comédie de mœurs.

LES PROCÉDÉS DE LA FARCE ET DE LA BOUFFONNERIE

Le vaudeville reprend les procédés comiques*, le style burlesque*, employés dans la farce* : l'action, simplifiée, repose sur des situations volontiers grivoises* et des procédés comiques souvent peu raffinés.

Le quiproquo* est particulièrement apprécié : les confusions ou les malentendus créent des situations amusantes ; les jeux de mots faciles et les calembours* font rire le public.

LA SATIRE DU MILIEU BOURGEOIS

Comme Molière deux siècles plus tôt, les meilleurs vaudevillistes du XIXe siècle dénoncent par le rire les travers de leur temps : fonctionnaires prétentieux, employés stupides, femmes coquettes et maris trompés, se retrouvent dans ces pièces et composent un tableau vivant de la réalité quotidienne.

Théâtre du vaudeville ou théâtre de boulevard*

Au XIXe siècle, le vaudeville est tellement populaire qu'on construit un théâtre du Vaudeville sur les grands boulevards à Paris. L'autre nom du vaudeville est d'ailleurs le « théâtre de boulevard ». Les vaudevillistes les plus célèbres sont Eugène Labiche (1815-1888), Georges Courteline (1858-1929) et Georges Feydeau (1862-1921).

Paul Gavarni (1804-1866), Une loge à l'Opéra, *1834.*

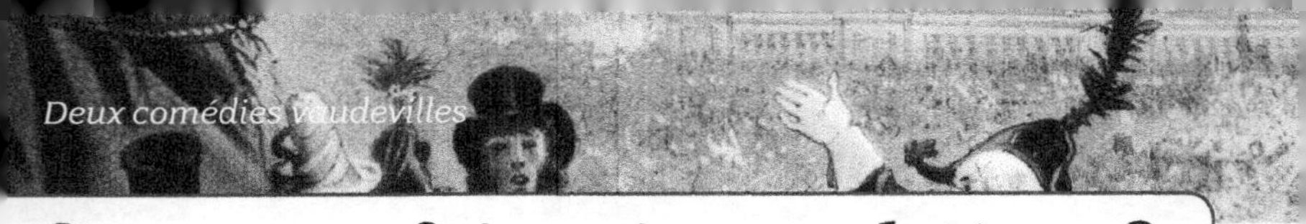

Comment faire rire au théâtre ?

La comédie cherche à faire rire le public. Les vaudevilles du XIXᵉ siècle emploient tous les procédés comiques pour amuser les spectateurs.

● LE COMIQUE DE MOTS

Les paroles prononcées par les personnages sont une source inépuisable de comique : le bégaiement ou les mauvaises prononciations, les répétitions, les déformations de mots, l'emploi du patois font rire le public, tout comme les erreurs de syntaxe (phrases mal construites), les confusions dans les conjugaisons ou l'emploi des pronoms.

● LE COMIQUE DE GESTES

Les didascalies* donnent souvent des indications très importantes sur les gestes que doivent accomplir les personnages quand ils sont sur scène. Comme la farce, le vaudeville utilise ce procédé : les personnages se cognent, courent en tous sens, reçoivent des gifles ou des coups de pied, trébuchent sur la scène, s'affalent devant les spectateurs, etc.

● LE COMIQUE DE CARACTÈRE

Avec le comique de caractère, les vaudevillistes peuvent se moquer des défauts de leurs contemporains. Les rapports entre maris et femmes sont ainsi caricaturés, comme les comportements sociaux. Fonctionnaires, militaires, employés, domestiques, deviennent ainsi des « types » ou « caractères » dont on souligne de façon amusante les tics ou les manies, les habitudes et les petits travers.

● LE COMIQUE DE SITUATION

Rien de tel qu'une situation inhabituelle ou délicate pour faire rire le public ! Un mari trompé, caché dans un placard, découvre son infortune ; un personnage entend tout ce qu'un autre dit de lui, alors qu'il est censé

l'ignorer ; un domestique donne des ordres à une personne importante… Toutes ces situations sont largement utilisées dans le vaudeville pour faire rire le public et susciter son adhésion.

• LE QUIPROQUO

Le quiproquo est un malentendu qui provoque un effet inattendu. Ce procédé est largement utilisé dans les comédies théâtrales, et le vaudeville s'en sert également. La langue française favorise ces méprises amusantes.

Un domestique un peu simplet confondra par exemple un vase (pour les fleurs) avec un vase de nuit (pot de chambre). Le rire du public est assuré !

• L'EMPLOI DES APARTÉS

En utilisant les apartés*, les personnages créent une connivence avec le public, et lui font part de leurs émotions, de leurs sentiments. Dans la comédie, les apartés forment le plus souvent un contraste criant avec les paroles prononcées « haut », c'est-à-dire à voix haute. Ce contraste constitue un élément de comique.

La mise en scène

Les indications concernant la mise en scène sont importantes et participent également au comique d'une pièce. La place des personnages, les éléments du décor, les accessoires, sont au service de l'intrigue. Dans Les Pavés de l'ours *par exemple, il est important que seule la tête du domestique soit visible à la scène 12 : seul le public doit savoir que Bretel s'est trompé d'uniforme.*

Eugène Charles François Guérard (1821-1866), Bal à l'Opéra.

Étape I • Étudier une scène de ménage

SUPPORT • *Le Gora*, en entier.

OBJECTIF • Comprendre comment un malentendu peut mener à la rupture.

As-tu bien lu ?

1 Combien y a-t-il de personnages sur scène ? Comment s'appellent-ils ?

2 La concierge a offert à Bobéchotte :
☐ un canari ☐ un petit chien ☐ un petit chat

3 Bobéchotte a décidé de l'appeler :
☐ Domino ☐ Zigoto ☐ Diabolo

4 Quel est le sujet de la conversation entre les deux personnages ?

5 Pourquoi cette conversation se transforme-t-elle en dispute ?

Des personnages différents

6 Relis les trois premières répliques : quel est le niveau de langue de Bobéchotte ?

7 À quoi voit-on que Gustave se moque gentiment de son amie ?

8 Quels surnoms emploie Gustave pour s'adresser à Bobéchotte ? Que peut-on en conclure ?

9 Pourquoi Bobéchotte appelle-t-elle le chat un « gora » ?

La difficulté à se comprendre

10 **a.** À quoi sont dues les différentes déformations du mot « angora » ?

b. Quel est l'effet produit par la répétition de ce phénomène ?

11 Quel ton Gustave emploie-t-il pour expliquer à Bobéchotte qu'elle se trompe ? Ses explications sont-elles efficaces ?

12 À quels signes voit-on que Bobéchotte ne comprend pas les explications de Gustave ?

Un quiproquo fâcheux

13 Dans les lignes 89 à 101, quels mots ou expressions montrent que les deux personnages sont agacés ?

14 Quel mot provoque l'aggravation de la situation (lignes 102 à 109) ? Qui le prononce ?

15 Quels reproches Bobéchotte adresse-t-elle à Gustave à partir de ce malentendu ?

16 Que montre la dernière réplique de Gustave ? Pourquoi peut-on dire que la situation finale est inversée par rapport à celle du début ?

17 Que veut dire Bobéchotte par « il est encore temps » (ligne 117) ?

18 « Je me comprends ; c'est le principal » : en quoi cette réplique est-elle ici particulièrement drôle ?

La langue et le style

19 **a.** Quel procédé stylistique Bobéchotte emploie-t-elle pour décrire son chat (lignes 49 à 54) ?

b. Fais la description de cet animal en donnant seulement les détails concrets auxquels elle fait allusion.

Faire le bilan

20 Complète le texte à l'aide des mots suivants : *malentendus, quiproquo, farce, couple, pièce, rupture*.

La .... de Courteline est une petite .... sur la vie de .... : à cause de la déformation d'un mot, les .... s'enchaînent et la tension monte. Le .... final provoque la dispute et fait craindre la ....

À toi de jouer

21 Joue le début de la pièce avec un camarade, en insistant sur les différences entre les deux personnages (simplicité et naïveté de Bobéchotte, sérieux et amusement de Gustave…).

Étape 2 • Caractériser les personnages

SUPPORT • *Les Pavés de l'ours*, scènes 1, 2 et 3.

OBJECTIF • Étudier les personnages et retrouver les « types » du vaudeville.

As-tu bien lu ?

1 Où se passe le début de la pièce ?

2 Quel lien unit Lucien et Dora ?

3 Lucien veut engager un nouveau domestique qui vient :
☐ de Paris
☐ de l'étranger
☐ de la campagne

4 À la fin de la scène 3, le domestique est :
☐ engagé
☐ renvoyé

Lucien

5 Pourquoi Lucien cache-t-il la lettre qu'il est en train d'écrire à l'arrivée de Dora ?

6 Quelle est la ponctuation employée lignes 20 à 36 ? Dans quel état d'esprit se trouve Lucien ?

7 **a.** Dans la scène 3, Lucien termine sa lettre. Que veut-il annoncer à Dora ?

b. Que peut-on en déduire du personnage de Lucien ?

Dora

8 Dora est une jeune femme coquette. Donne deux exemples qui le montrent.

9 À quoi voit-on qu'elle est amoureuse de Lucien ?

10 Quelles sont les activités ménagères auxquelles elle se consacre ici ?

Le nouveau domestique

11 Pourquoi Lucien est-il d'abord amusé par son nouveau domestique ?

12 D'où vient ce personnage ? À quoi le voit-on ?

13 Cite trois gestes de Bretel montrant qu'il ne connaît pas les bonnes manières.

14 Que constate Lucien à la fin de la scène 3, après avoir engagé ce domestique ?

La langue et le style

15 « Il est des circonstances dans la vie où l'on doit faire le sacrifice de son bonheur à son devoir », écrit Lucien à Dora (l. 129 à 131). Que veut-il dire ? En quelques phrases, réécris ce passage en langage courant.

16 Bretel ne parle pas un français correct. Réécris les trois répliques qu'il prononce (l. 190 à 198) en employant un niveau de langue courant.

Faire le bilan

17 Le spectateur s'attend-il à une comédie ou à une tragédie après avoir découvert ces trois personnages ? Justifie ta réponse.

18 Complète le tableau suivant pour résumer le début de la pièce :

<table>
<tr><th colspan="3">Le cadre spatio-temporel</th></tr>
<tr><td colspan="3">L'histoire se passe...</td></tr>
<tr><th colspan="3">Les personnages</th></tr>
<tr><td>Lucien
Un homme qui...</td><td>Dora
Une jeune femme qui...</td><td>Bretel
Un Belge qui vient à Paris pour...</td></tr>
</table>

À toi de jouer

19 Bretel fait allusion au « Mannekenpis ». Renseigne-toi sur ce personnage emblématique de la Belgique et fais-en une courte présentation.

Étape 3 • Définir le genre de la pièce

SUPPORT • *Les Pavés de l'ours*, scènes 4 à 10.

OBJECTIF • Retrouver les procédés de la farce.

As-tu bien lu ?

1 Qui Bretel met-il à la porte dans la scène 4 ? Pourquoi ?

2 Dans la scène 5, on apprend que Lucien veut faire de Mme de Prévallon :
☐ sa femme ☐ sa belle-mère ☐ sa belle-sœur

3 Contre qui Bretel se fâche-t-il dans la scène 6 ? Pour quelle raison ?

4 Lucien envoie Bretel chercher :
☐ un brumisateur ☐ un vaporisateur ☐ un aspirateur

Un personnage farfelu

5 Pourquoi Bretel rit-il en faisant entrer Mme de Prévallon ?

6 Cite deux répliques impertinentes ou grossières prononcées par Bretel dans la scène 4.

7 Bretel comprend tout de travers : relève deux exemples qui le montrent dans la scène 5.

8 Pourquoi l'arrivée de Bretel provoque-t-elle le rire du public (scène 8)?

9 Pourquoi la réflexion de Bretel à Dora est-elle déplacée (scène 10) ?

Des soucis domestiques

10 Quel jugement Dora porte-t-elle sur Bretel dès qu'elle l'aperçoit (scène 7) ?

11 Dans la scène 6, quel est le principal sujet de la conversation entre Lucien et Bretel ?

12 Quel était l'objectif de Bretel en renvoyant le garçon de restaurant ?

13 Par quoi Dora est-elle incommodée lorsqu'elle entre dans la pièce (scène 7) ?

Des petites catastrophes comiques

14 Pourquoi Bretel a-t-il confondu le vaporisateur et l'irrigateur ?

15 En quoi l'apparition de l'irrigateur sur scène est-elle comique ?

La langue et le style

16 Les expressions suivantes sont au sens figuré ; réécris-les de façon à exprimer clairement ce qu'elles signifient.

« Pourvu que ma marraine ne tombe pas en ce moment ! »	
« Elle me tend la perche. »	
« Abordons ! »	

Faire le bilan

17 Bretel est un « ahuri », un « abruti ». Explique en quoi ce personnage comique met Lucien dans l'embarras.

18 À ton avis, les maladresses de Bretel vont-elles cesser ou au contraire continuer à s'enchaîner ?

À toi de jouer

19 Tu as certainement lu des livres ou vu des films dans lesquels certains personnages, comme Bretel, provoquent le rire du lecteur ou du public. Prépare un petit exposé pour présenter un personnage qui, comme Bretel, accumule les maladresses en croyant bien faire.

Étape 4 • Étudier une caractéristique du vaudeville : la relation amoureuse

SUPPORT • *Les Pavés de l'ours*, scènes 11 à 20.

OBJECTIF • Analyser l'intrigue sentimentale comme un élément de comique.

As-tu bien lu ?

1 Pour quelle raison Lucien veut-il faire croire à Dora qu'il est ruiné ?

2 Comment réagit Dora à cette nouvelle ?

3 Lucien annonce à Dora qu'il va épouser :
☐ une jeune fille ☐ une vieille femme ☐ une ancienne amie

4 Grâce à qui Dora découvre-t-elle la supercherie ?

5 Qui Lucien va-t-il épouser à la fin de l'histoire ?
☐ Mme de Prévallon ☐ la fille de Mme de Prévallon ☐ Dora

La tromperie amoureuse

6 Cite deux mensonges que Lucien dit à Dora dans la scène 13.

7 Pourquoi la deuxième réplique de Dora (scène 13) est-elle comique ? Retrouve, dans la même scène, une autre réplique amusante du même genre.

8 Relève les didascalies concernant Lucien. Que peut-on dire de ce personnage ?

9 Pourquoi Lucien est-il rassuré à la fin de la scène 13 ? Dans quel état d'esprit semble être Dora ?

Un allié involontaire

10 Au cours du déjeuner (scène 16), Bretel accumule les maladresses. Cites-en au moins trois.

11 Quelle mission lui confie pourtant Lucien (scène 17) ?

12 Dans la scène 19, Bretel veut faire une « surprise » à son maître. Pourquoi se croit-il obligé de dévoiler la vérité à Mme de Prévallon ?

13 Dans la scène 15, Lucien avait fait allusion à l'ours de la fable de La Fontaine. Explique pourquoi Bretel, en effet, ressemble bien à l'ours avec ses pavés.

Le triomphe de l'amour

14 Dans la scène 20, comment Dora manifeste-t-elle sa joie au départ de Mme de Prévallon ?

15 Relève les didascalies qui concernent Lucien. Quel est son état d'esprit ?

16 Que veut-il dire par « Tout est à recommencer maintenant ! » ?

17 Pourquoi Bretel reçoit-il un coup de pied ? Que veut-il dire en évoquant l'ingratitude des maîtres ?

La langue et le style

18 Bretel comprend de travers les consignes de Lucien. Réécris les interdictions suivantes à l'impératif présent :

	2e pers. du sing.	2e pers. du plur.
Ne pas manger un morceau de poulet		
Ne pas vaporiser du vinaigre de Bully sur la salade		
Faire toujours entrer les jeunes et jolies femmes		
Ne pas se mêler sans cesse de la conversation		

Faire le bilan

19 Le public est-il inquiet pour la relation entre Lucien et Dora ? Explique pourquoi.

20 Pourquoi peut-on dire que la relation amoureuse des personnages participe au comique de la pièce ?

À toi de jouer

21 Avec trois camarades, prépare la mise en scène et joue la scène finale en suivant les indications données par les didascalies.

Étape 5 • Étudier les différents procédés comiques employés au théâtre

SUPPORT • Les deux œuvres.

OBJECTIF • Étudier diverses façons de faire rire au théâtre.

As-tu bien lu ?

1 Pourquoi Bobéchotte, dans *Le Gora*, pense-t-elle que la concierge est très instruite ? Explique pourquoi cette déclaration fait sourire.

2 Dans *Les Pavés de l'ours*, Mme de Prévallon fait rire le public :
☐ parce qu'elle est vieille
☐ parce qu'elle bégaye
☐ parce qu'elle est laide

3 À la fin des *Pavés de l'ours*, Bretel reçoit :
☐ une gifle
☐ un coup de pied
☐ un coup de bâton

Des mots pour faire rire

4 Dès sa première apparition sur scène, Bretel fait rire le public par sa façon de parler.
Complète le tableau suivant avec des exemples tirés du texte :

Prononciation défectueuse	
Syntaxe fautive	
Mélange du tutoiement et du vouvoiement	
Mauvais emploi du lexique	
Expressions étrangères ou déformées	

Le comique de geste et de situation dans *Les Pavés de l'ours*

5 Dans la scène 16, relève les didascalies se rapportant à Bretel : en quoi participent-elles au comique de la pièce ?

6 À la fin de la scène 18, pourquoi Bretel cache-t-il Dora dans une chambre ? Explique pourquoi la situation devient alors particulièrement amusante.

De fâcheuses confusions

7 Dans *Le Gora*, de quoi parle Gustave en employant le mot « liaison » ? En quoi consiste le quiproquo qui s'ensuit ?

8 Dans *Les Pavés de l'ours*, pour quelle raison Bretel a-t-il revêtu l'uniforme de Lucien ? Quelle est la conséquence de cette méprise ?

9 Qu'est-ce que Bretel a vaporisé sur la salade ? Explique à quoi est due cette confusion.

10 À la fin de la scène 19, quel mot provoque un nouveau quiproquo entre Lucien et Bretel ?

La langue et le style

11 Lucien exprime son mécontentement en proférant des insultes. En t'aidant d'un dictionnaire, retrouve le sens de ces mots que l'on emploie rarement aujourd'hui : *butor, jocrisse, crétin, triple buse*.

Faire le bilan

12 Retrouve cinq procédés comiques différents mis en œuvre dans *Les Pavés de l'ours* et cite un exemple pour chacun d'eux.

13 Sur quels procédés comiques est essentiellement bâtie l'intrigue du *Gora* ?

À toi de jouer

14 Dans la scène 20 des *Pavés de l'ours*, quelles didascalies pourrais-tu ajouter pour le personnage de Dora de façon à accentuer le comique de ce dénouement ?

15 Imagine une didascalie finale pour *Le Gora*, précisant l'attitude et les mimiques de Gustave après la dernière réplique de Bobéchotte.

Étape 6 • Reconnaître la satire d'une société

SUPPORT • Les deux œuvres.

OBJECTIF • Reconnaître les moyens employés pour se moquer des travers bourgeois.

As-tu bien lu ?

1 Dans *Le Gora*, quel personnage est plus instruit que l'autre ?

2 Bobéchotte se met en colère contre Gustave parce que :
☐ il ne comprend pas ce qu'elle dit
☐ il prononce mal le nom du chat
☐ elle ne comprend pas ce qu'il dit

3 Dans *Les Pavés de l'ours*, Lucien veut en réalité :
☐ épouser un beau parti
☐ entrer dans l'armée
☐ montrer son amour à Dora

4 Le domestique* Bretel est présenté comme étant :
☐ très intelligent
☐ habile de ses mains
☐ maladroit dans ses paroles et ses gestes

L'importance de l'argent

5 Pourquoi Lucien veut-il épouser la fille de Mme de Prévallon ?

6 Dora possède une petite fortune personnelle : qu'en a-t-elle fait ?

7 Quelle recommandation Lucien fait-il à Bretel concernant la gestion de son budget ?

Des hommes prétentieux et condescendants

8 Dans *Le Gora*, quel ton Gustave emploie-t-il pour évoquer la concierge ?

9 Sur quel ton Gustave s'adresse-t-il à Bobéchotte pour lui expliquer la prononciation du mot *angora* ?

10 Dans *Les Pavés de l'ours*, dans quel but Lucien engage-t-il un domestique belge ? À quoi le compare-t-il ?

11 À quels détails voit-on que Lucien se croit supérieur à Dora et à Mme de Prévallon ?

Des femmes stupides ou ridicules

12 À quoi voit-on que Bobéchotte ne comprend pas les explications de Gustave ?

13 Qu'attendent Bobéchotte (*Le Gora*) et Dora (*Les Pavés de l'ours*) de leur relation avec leurs compagnons respectifs ?

14 À la fin de la pièce, Dora a-t-elle compris les véritables intentions de Lucien ?

15 Pourquoi peut-on dire que Mme de Prévallon est un personnage ridicule ?

La langue et le style

16 Dans *Les Pavés de l'ours*, comment sont présentés les personnages ci-dessous ? Choisis les adjectifs qualificatifs qui leur conviennent.

Les domestiques (par exemple, Bretel)	balourd – inculte – intelligent – adroit – maladroit – grossier
Les militaires (par exemple, l'adjudant de place)	indulgent – intransigeant – patient – tolérant – coléreux – généreux
Les commerçants (par exemple, le restaurateur)	honnête – voleur – escroc – malhonnête – profiteur – sérieux

Faire le bilan

17 Pourquoi peut-on dire que ces deux pièces sont une satire de la société ?

18 Les défauts des personnages font-ils horreur ou font-ils plutôt rire le spectateur ?

À toi de jouer

19 Dans ses pièces, Molière se moque aussi des avares, des médecins... Réalise un tableau présentant les personnages, les catégories auxquelles ils appartiennent, et la façon dont Molière se moque d'eux.

Étape 7 • Exploiter les informations de l'enquête

SUPPORT • Les deux œuvres et les documents de l'enquête.

OBJECTIF • Comprendre certains aspects de l'organisation de la société à la Belle Époque.

As-tu bien lu ?

1 Dans *Le Gora*, Bobéchotte et Gustave sont :
☐ fiancés ☐ mariés ☐ « en ménage »

2 Dans *Les Pavés de l'ours*, pourquoi Bretel a-t-il quitté sa Belgique natale ?

3 Pourquoi Lucien possède-t-il un uniforme militaire ?

4 Dans quel but Mme de Prévallon arrive-t-elle chez Lucien ?

Des femmes dépendantes

5 Dans *Les Pavés de l'ours*, à quelles activités se livre Dora au début de la scène 1 ?
Que s'apprête-t-elle à faire ?

6 Comment apprend-on que Dora aimerait épouser Lucien ?

7 Que veut dire Dora lorsqu'elle dit qu'elle « trouvera bien à se pourvoir » (scène 13) ?

8 Pourquoi fait-elle promettre à Lucien d'épouser « un monstre de laideur » ?

Des hommes actifs et ambitieux

9 Dans *Le Gora*, à qui Bobéchotte fait-elle allusion en parlant des « grenouilles » que Gustave a « gratifiées de ses faveurs » ?

10 Dans *Les Pavés de l'ours*, à quoi voit-on que Lucien est plus compétent que Dora pour tout ce qui touche à la Bourse (scène 13) ?

11 À quels détails voit-on que Gustave (*Le Gora*) et Lucien (*Les Pavés de l'ours*) exercent le pouvoir dans leur maison et sur les gens qui y vivent ?

Des domestiques frustes

12 Quel vêtement Bretel doit-il revêtir avant de commencer son service ?

13 Qu'est-ce qui rend ce domestique complètement ridicule ?

14 Quel traitement lui est réservé dans la scène finale ?

La langue et le style

15 « Et voilà les femmes ! Elles ne vous permettent pas de les lâcher quand vous avez assez d'elles. Elles vous le permettent quand vous n'avez plus assez pour elles. » (*Les Pavés de l'ours*, scène 13)
Observe la construction de cette phrase : qu'est-ce qui la rend amusante malgré son caractère misogyne ?

Faire le bilan

16 Les relations entre hommes et femmes te semblent-elles équilibrées dans ces deux vaudevilles ?

17 Dans chaque pièce, on peut cependant parler de « retournement de situation ». Explique pourquoi et montre que c'est un élément de comique.

À toi de jouer

18 Que va devenir le couple formé par Gustave et Bobéchotte ? Et celui formé par Lucien et Dora ? En un court paragraphe, imagine un épisode de leur vie quotidienne quelques mois plus tard, en te basant sur les caractères des personnages et les événements auxquels tu as assisté dans ces deux pièces.

Maîtres et domestiques au XIXe siècle : groupement de documents

OBJECTIF • Étudier des documents évoquant la condition des domestiques au XIXe siècle.

DOCUMENT 1 GUY DE MAUPASSANT, « Rose », in *Contes et Nouvelles*, 1884.

Deux jeunes femmes se promènent en calèche. L'une raconte à l'autre une aventure qu'elle a vécue avec une de ses femmes de chambre.

« J'écrivis à l'adresse indiquée et, le lendemain, la personne en question se présenta. Elle était assez grande, mince, un peu pâle, avec l'air très timide. Elle avait de beaux yeux noirs, un teint charmant, elle me plut tout de suite. Je lui demandai ses certificats[1] : elle m'en donna un en anglais, car elle sortait, disait-elle, de la maison de lady Rymwell, où elle était restée dix ans.

Le certificat attestait que la jeune fille était partie de son plein gré pour rentrer en France et qu'on n'avait eu à lui reprocher, pendant son long service, qu'un peu de coquetterie française.

La tournure pudibonde[2] de la phrase anglaise me fit même un peu sourire et j'arrêtai[3] sur-le-champ cette femme de chambre.

Elle entra chez moi le jour même, elle se nommait Rose.

Au bout d'un mois, je l'adorais.

C'était une trouvaille, une perle, un phénomène.

Elle savait coiffer avec un goût infini ; elle chiffonnait les dentelles d'un chapeau mieux que les meilleures modistes[4] et elle savait même faire les robes.

J'étais stupéfaite de ses facultés. Jamais je ne m'étais trouvée servie ainsi.

Elle m'habillait rapidement avec une légèreté de mains étonnante. Jamais je ne sentais ses doigts sur ma peau, et rien ne m'est désagréable comme

1. **Certificat** : certificat de travail. Document rédigé par un ancien patron, et qui donne une appréciation sur le domestique.
2. **Pudibond** : qui montre une pudeur excessive.
3. **Arrêter un domestique** : l'engager.
4. **Modiste** : personne qui confectionne des articles de mode (chapeaux, accessoires...).

le contact d'une main de bonne. Je pris bientôt des habitudes de paresse excessives, tant il m'était agréable de me laisser vêtir, des pieds à la tête, et de la chemise aux gants, par cette grande fille timide, toujours un peu rougissante, et qui ne parlait jamais. Au sortir du bain, elle me frictionnait et me massait pendant que je sommeillais un peu sur mon divan ; je la considérais, ma foi, en amie de condition inférieure plutôt qu'en simple domestique. »

DOCUMENT 2 OCTAVE MIRBEAU, *Le Journal d'une femme de chambre*, 1900.

Dans ce roman, Célestine, une femme de chambre, raconte les souvenirs de ses placements successifs.

« Aussitôt arrivée, encore étourdie par quatre heures de chemin de fer en troisième classe, et sans qu'on ait, à la cuisine, seulement songé à m'offrir une tartine de pain, Madame m'a promenée, dans toute la maison, de la cave au grenier, pour me mettre immédiatement au courant de la besogne. Oh ! elle ne perd pas son temps, ni le mien... Ce que c'est grand cette maison ! Ce qu'il y en a, là-dedans, des affaires et des recoins !... Ah bien ! merci !... Pour la tenir en état, comme il faudrait, quatre domestiques n'y suffiraient pas... En plus du rez-de-chaussée, très important – car deux petits pavillons, en forme de terrasse s'y surajoutent et le continuent – elle se compose de deux étages que je devrai descendre et monter sans cesse, attendu que Madame, qui se tient dans un petit salon près de la salle à manger, a eu l'ingénieuse idée de placer la lingerie, où je dois travailler, sous les combles[1], à côté de nos chambres. Et des placards, et des armoires, et des tiroirs et des resserres, et des fouillis de toute sorte, en veux-tu, en voilà... Jamais, je ne me retrouverai dans tout cela...
À chaque minute, en me montrant quelque chose, Madame me disait :
– Il faudra faire bien attention à ça, ma fille. C'est très joli, ça, ma fille... C'est très rare, ma fille... Ça coûte très cher, ma fille. »

1. **Combles** : pièces situées immédiatement sous les toits.

DOCUMENT 3 CHRISTOPHE, *Le Sapeur Camember*, 1898.

Georges Colomb, dit Christophe (1856-1945), est un des précurseurs de la bande dessinée en France. Il a créé le personnage du sapeur Camember, soldat illettré et un peu simplet au service du colonel et de sa femme, la colonelle.

LA COLONELLE. — Savez-vous servir à table, sapeur ?
CAMEMBER. — Pour sûr, ma colonelle ! Chez nous, c'est toujours moi que j'servais le foin aux vaches.

« Que faites-vous donc là, sapeur, interroge anxieusement la colonelle. — Ma colonelle m'a dit de ne rien jeter de c'qui pourrait encore servir, répond le bon sapeur… Eh bien, je retaille les cure-dents.»

As-tu bien lu ?

1 **a.** Dans le document 1, d'où vient la nouvelle domestique ?

b. Elle sait faire :
☐ la cuisine ☐ le ménage ☐ les robes

2 **a.** Dans le document 2, Célestine est arrivée chez ses nouveaux maîtres :
☐ à pied ☐ en voiture ☐ en train

b. Que fait sa nouvelle maîtresse dès qu'elle arrive ?

c. Sur quoi la maîtresse insiste-t-elle dans ses recommandations ?

Comparer les textes

3 Les deux textes donnent un point de vue différent : dans lequel présente-t-on celui du maître ? et celui du domestique ?

4 Quelles tâches quotidiennes doit effectuer la femme de chambre ?

5 Quel sentiment la narratrice du document 1 éprouve-t-elle envers sa femme de chambre ? Pourquoi ? Cite le texte.

6 Dans le document 2, à quels détails la femme de chambre comprend-elle que son travail ne sera pas facile ? Quel défaut de sa patronne met-elle en évidence ?

Lire l'image

7 Quels détails permettent d'identifier la colonelle ? À quoi reconnaît-on immédiatement les domestiques ?

8 Sur quels procédés comiques reposent les deux vignettes ? Quelle image l'auteur donne-t-il des domestiques ?

Faire le bilan

9 Pourquoi peut-on dire qu'au XIXe siècle, les domestiques étaient considérés comme des personnes de catégorie inférieure ?

À toi de jouer

10 Imagine un autre dialogue entre le sapeur Camember et la colonelle, où le sapeur commet des maladresses comiques.

Courteline et Feydeau dépeignent à travers leurs pièces la société de leur temps. Les personnages du Gora *et des* Pavés de l'ours *sont caractéristiques de leur époque.*
La fin du XIX*e* *siècle est une période de bouleversement général : la paix, suffisamment longue, permet à la France de se développer dans de nombreux domaines : progrès social, expansion économique, révolution industrielle et développement technologique, réalisations artistiques... Tout change et se transforme, c'est « la Belle Époque ».*

La société française à la Belle Époque

L'ENQUÊTE EN 4 ÉTAPES

1 Comment se caractérise la société de la Belle Époque* ?

La guerre de 1870 met fin au Second Empire* et permet l'établissement de la IIIe République. Entre 1870 et 1914, la France offre l'image d'un pays riche, où il fait bon vivre. Une nouvelle forme de société s'installe et se développe.

• PRÉDOMINANCE DE LA CULTURE « BOURGEOISE »

La bourgeoisie* prend de plus en plus de pouvoir au XIXe siècle. La constitution et l'augmentation de la fortune, ainsi que le respect de la morale, sont les valeurs fondamentales de cette catégorie sociale.

Les bourgeois accordent de l'importance au confort de leur intérieur : on sépare les pièces « à vivre » et les pièces « de réception ». La nourriture s'enrichit, les repas obéissent à des rituels qui, peu à peu, vont s'étendre aux milieux populaires.

Un bal à la chaussée d'Antin, *lithographie du XIXe siècle, Bibliothèque Nationale de Paris.*

• LES ENFANTS DE « BONNE FAMILLE »

L'éducation des filles consiste à préparer leur vie de femmes : elles n'étudient pas, on leur apprend seulement les bonnes manières, la musique et le chant... La jeune fille

prépare son « trousseau » (linge de maison, vêtements...) pour son futur ménage. La femme est considérée seulement dans sa fonction familiale : elle doit être avant tout une mère, se charger de l'éducation de ses enfants et tenir son ménage.
La dot est indispensable pour une jeune fille qui veut faire un « bon mariage » : cette petite fortune personnelle apportée par la jeune fille lui permet d'épouser un beau parti* : un garçon riche ou ayant une bonne situation.
Les garçons, eux, sont dirigés vers les études. Il faut obtenir le « baccalauréat », qui leur ouvrira un avenir dans la finance ou les affaires. L'objectif est de faire prospérer une affaire familiale, et bien sûr de propager le nom de la famille de façon honorable.

• LA DURE CONDITION DES OUVRIERS

La découverte de nouvelles énergies comme la houille (charbon) permet le développement de la métallurgie et de la sidérurgie[1].
Les filatures de soie et de coton se développent également et nécessitent une main-d'œuvre abondante.
Les conditions de travail des ouvriers sont épouvantables : douze à quinze heures de travail par jour, parfois plus, dans des locaux bruyants et mal aérés. On vient d'inventer l'éclairage au gaz : le travail de nuit est désormais autorisé.
Il n'y a pas de congés, ni de jours fériés ; le repos du dimanche n'est pas toujours respecté...
Les salaires sont si bas que tous les membres d'une famille doivent travailler pour subsister.
Dès huit ou neuf ans, les enfants travaillent autant que leurs parents, effectuant des activités souvent dangereuses. Leur salaire est encore plus faible que celui des femmes !

Le livret ouvrier

En 1890, on supprime enfin le « livret ouvrier ». Chaque ouvrier possédait en effet un livret, dans lequel étaient notés les endroits où il avait travaillé et les appréciations de ses patrons. Il indiquait aussi s'il avait été autorisé à quitter son emploi. Ce livret était obligatoire pour trouver un nouveau travail, et l'ouvrier devait le présenter aux gendarmes pour prouver qu'il n'était pas un vagabond. Sans bonnes appréciations, impossible de retrouver du travail !

1. **Métallurgie, sidérurgie :** travail des métaux et de l'acier.

Les vêtements de la Belle Époque

La mode de la Belle Époque* est le reflet de l'évolution de la société. Elle traduit aussi le goût du luxe et du plaisir, de plus en plus important dans cette période faste.

L'uniformisation des habits

Grâce à l'amélioration des moyens de communication, les campagnards quittent leur région pour les grandes villes. Les vêtements s'uniformisent peu à peu, et les costumes régionaux disparaissent, devenant purement « folkloriques ». Grâce à l'industrie textile, on commence à trouver des vêtements en « prêt à porter ». La mode devient une activité très importante. Ce sera bientôt un des signes du « bon goût » français.

Des vêtements plus pratiques

De 1870 à 1910, les jupes et les robes des femmes rétrécissent de façon régulière. La crinoline disparaît, laissant place à une « tournure » moins encombrante, puis à de simples jupons, plus pratiques. Les chemisiers et les corsages s'amincissent également. C'est le début des vêtements modernes, qui facilitent les mouvements.

La marque d'une classe sociale

Cependant, le vêtement reste une marque de l'appartenance sociale. Les femmes de la **bourgeoisie** raffolent des rubans, des dentelles, des broderies colorées. C'est l'époque des « froufrous » ! Elles arborent aussi des bijoux, des gants qui montent jusqu'aux coudes, des chapeaux et des ombrelles...

La **classe moyenne** (employés et fonctionnaires) porte des vêtements plus sobres, permettant des tâches parfois salissantes (les employés de bureau ont ainsi des protège-manches sur leurs chemises). Les vendeurs dans les grands magasins de l'époque, portent des sortes d'uniformes : ce sont des « employés », presque considérés comme des domestiques.

Quant aux **ouvriers**, leurs vêtements doivent surtout être résistants. Chaque corporation possède un vêtement adapté au métier et reconnaissable. L'ouvrier porte un béret ou une casquette, alors que le bourgeois ne sort jamais sans chapeau.

2 Quelle est l'importance des domestiques dans cette société ?

Un grand mouvement d'exode rural* a commencé vers 1850 : les habitants des campagnes quittent leur « pays » et viennent s'installer en ville pour y travailler comme ouvriers ou domestiques. C'est la conséquence de l'industrialisation : les usines ont besoin d'ouvriers et la riche bourgeoisie s'installe dans de belles maisons nécessitant une grande domesticité.

● LES DOMESTIQUES : DES GENS « PLACÉS »

Les domestiques sont souvent considérés comme des êtres inférieurs, uniquement destinés à servir leurs maîtres. Leur situation varie selon les « places » qu'ils occupent, mais elle est assez misérable. La plupart du temps, le domestique vient de province : il doit oublier sa langue régionale et apprendre le français, et souvent changer de prénom (si le maître a l'habitude d'appeler sa femme de chambre Marie, toutes les femmes de chambre qui travaillent chez lui s'appeleront alors Marie).

Une domesticité en livrée*

Dans son ouvrage Ce que les maîtres et les domestiques doivent savoir, *publié en 1884, Mlle Dufaux de la Jonchère écrit : « Ses costumes pittoresques qu'elle garde volontiers, font à la domestique une livrée charmante et donnent au service un cachet de distinction très apprécié. »*

Paul Guiral, La vie quotidienne en France à l'âge d'or du capitalisme, *Hachette, 1976.*

La curiosité, *lithographie, 1836, Bibliothèque Nationale de Paris.*

Les domestiques sont souvent exploités par leurs maîtres, travaillant vingt-quatre heures sur vingt-quatre pour un salaire dérisoire.

Bécassine

Un des personnages les plus célèbres de l'histoire de la bande dessinée est **Bécassine**. Comme de nombreuses jeunes filles de l'époque, cette petite Bretonne a quitté son village natal pour rejoindre Paris où elle deviendra la bonne de la baronne de Grand Air.

● LES MAÎTRES ONT TOUS LES DROITS

Habitant chez ses maîtres, le domestique est à leur service tous les jours de la semaine. Le maître se repose le dimanche et reçoit ses amis : c'est du travail supplémentaire pour le domestique qui n'a pas le temps de se reposer.

Un domestique gagne entre 10 et 50 francs[1] par mois. Certes, il est logé et nourri mais il n'a jamais de temps libre, et bien souvent, il ne possède pas d'endroit privé, ni d'armoire pour ranger ses affaires personnelles. Certaines femmes de chambre dorment sur un canapé, dans la chambre de leur maîtresse !

3 Quel rôle l'État joue-t-il ?

Le rôle de l'État est de plus en plus important pour l'économie. On crée des ministères spécifiques : Instruction publique, Agriculture, Colonies, Travail. Il y a de plus en plus de fonctionnaires, qui constituent ce que l'on appelle la « classe moyenne ».

• L'ÉCOLE POUR TOUS

En 1881, le ministre Jules Ferry rend l'école laïque, obligatoire et gratuite. Les familles ne peuvent plus garder les enfants chez eux pour les faire travailler. Les garçons et les filles sont scolarisés dans des écoles séparées. Les religieux doivent quitter l'enseignement ou créer des écoles privées : on vote en 1882 une loi imposant la laïcité des programmes et des maîtres.

L'école publique pour tous est le signe d'un idéal : on espère que les pauvres pourront accéder aux études et aux métiers autrefois réservés aux riches. C'est aussi le moyen

Institutrice et élèves, entrée en classe, *gravure du XIXe siècle, France, Musée d'Histoire et de l'Éducation.*

Le recul de l'illettrisme

Grâce à la politique de Jules Ferry et l'obligation scolaire pour tous, l'illettrisme régresse : en 1914, il n'y aura plus que 2,8 % de Français illettrés.

de développer le patriotisme : tous les petits Français doivent parler la même langue et apprendre les mêmes valeurs morales.

• LA GÉNÉRALISATION DU SERVICE MILITAIRE

Le service militaire est réduit dans le temps : il passe de cinq années obligatoires à trois années seulement. Il est encore parfois possible de payer quelqu'un qui partira servir à sa place, mais cette pratique se raréfie.

L'armée est très importante pour les Français : depuis la défaite de 1870 et la perte de l'Alsace et de la Lorraine, le peuple a envie de prendre sa « revanche ». En 1899, on crée le premier Ministère de la Défense. Le militaire porte un uniforme coloré : le pantalon est rouge « garance » et la capote[1] bleue à boutons dorés.

• L'ESSOR DE LA COLONISATION

Les Français, comme les autres grandes puissances européennes, n'hésitent pas à coloniser des terres sur d'autres continents. Ils pensent ainsi établir leur supériorité sur des civilisations qu'ils jugent moins évoluées, et étendre leur puissance dans le monde.

La France s'installe en Tunisie, en Algérie, au Congo, à Madagascar...

Les colonisés n'ont pas les mêmes droits que les métropolitains : la France leur impose ses valeurs et ses idées, ignorant les coutumes indigènes et tirant profit des ressources naturelles locales.

Les « zoos humains »

Des expositions coloniales sont organisées dans les pays européens : elles ont pour but de présenter à l'Europe les différents aspects des colonies. On reconstitue donc les environnements naturels et certains monuments d'Afrique, d'Asie ou d'Océanie. On va même jusqu'à déplacer des indigènes pour les « exposer » au public, dans ce que l'on appellera des « zoos humains ».

1. **Capote :** veste.

4 Quelles sont les grandes découvertes de l'époque ?

Le XIXe siècle connaît une extraordinaire poussée technologique : de très nombreuses inventions voient le jour, faisant de la Belle Époque le début de l'ère moderne.

● LE TRAVAIL DU MÉTAL

Grâce à la découverte de nouveaux combustibles, la puissance des machines à vapeur augmente. On fabrique des machines spécialisées pour l'industrie textile ou les travaux agricoles. On fabrique aussi des moteurs : c'est le début de la folie de l'automobile ! Les charpentes métalliques, solides et légères, permettent de construire des ponts, des gares, et les rails des nouveaux chemins de fer !

La Tour Eiffel

La métallurgie est en plein essor. Pour montrer au monde entier ses prouesses en ce domaine, la France invite les autres pays à l'Exposition universelle de 1889 pour laquelle on construit la Tour Eiffel. Ce monument remporte un tel succès qu'il ne sera finalement pas démonté comme prévu. C'est, aujourd'hui encore, un des emblèmes de la France.

Exposition universelle de 1889, état d'avancement des travaux de la Tour Eiffel au 27 avril 1888 (montage entre le 1er et le 2e étage).

LA RÉVOLUTION DE L'ÉLECTRICITÉ

On découvre progressivement toutes les applications possibles de la « Fée électricité » : on invente le télégraphe et la radio, les premières dynamos, on arrive à stocker l'électricité et, plus important, à la transporter !
Dès 1884, on met en place la première centrale électrique hydraulique.
L'électricité révolutionne l'éclairage, avec la lampe à incandescence, et plus tard la lampe au néon, découverte en 1902.

LES PROGRÈS DE L'HYGIÈNE ET DE LA SANTÉ

Le savant Pasteur découvre les « microbes » en 1872 et invente le principe de la vaccination pour lutter contre les maladies très graves. Il pratique ainsi le premier vaccin contre la rage[1] en 1885.
Un autre savant, Appert, découvre un procédé pour conserver les aliments. Il met au point la mise en conserve et la stérilisation, qui permet de garder les aliments à l'abri de l'air et des micro-organismes responsables de leur dégradation.
L'hygiène fait des progrès considérables. On installe progressivement l'eau courante, et on s'initie aux règles d'hygiène.

La théorie de Pasteur

Avant la découverte des microbes, on pensait que certains organismes vivants se créaient tous seuls. C'était la théorie de « la génération spontanée ». Grâce à Pasteur, on comprend que l'environnement est peuplé de micro-organismes, provoquant par exemple les fermentations ou les moisissures.

LES APPLICATIONS DE LA CHIMIE

L'électricité permet aussi le développement de l'industrie chimique, grâce à l'électrolyse. On arrive à fabriquer des produits comme la soude ou le chlore, les engrais...
La chimie permet de découvrir de nouveaux matériaux comme la soie artificielle ou le plastique. Grâce à la chimie, on fabrique aussi de nouveaux médicaments de synthèse, comme l'aspirine !

Le sais-tu ?

Découverte en 1899, l'aspirine est le médicament actuellement le plus consommé au monde (environ 40 000 tonnes par an, soit l'équivalent de 120 milliards de comprimés !).

1. La rage est une maladie mortelle transmise par les morsures d'animaux enragés.

Les arts à la Belle Époque

À la Belle Époque, la culture française, de par son esprit novateur, exerce un rayonnement extraordinaire dans le monde entier.

La peinture

Des marchands d'art (Ambroise Vollard) et des collectionneurs (Gustave Fayet) font découvrir le mouvement impressionniste* (Monet, Manet, Renoir), puis le fauvisme (Cézanne, Gauguin) et le cubisme (Braque, Picasso...). L'artiste Mucha réalise des affiches pour les spectacles de théâtre : il invente le « style belle époque ». Les affiches de Toulouse-Lautrec participent à la renommée des cafés ou des cabarets comme « Le Chat Noir », où les gens aiment à se retrouver pour boire de l'absinthe et jouer aux cartes.

La sculpture

Auguste Rodin, sculpteur emblématique de l'époque, crée des œuvres de plus en plus expressives : il souhaite représenter l'âme de ses modèles.

Les « arts nouveaux »

Certains artistes utilisent les matériaux de l'industrie (le verre, le fer) et créent des objets à la fois utilitaires et artistiques : vases, vaisselle, meubles... Les motifs les plus appréciés sont les végétaux et les courbes stylisées : on les retrouve sur les vases de Gallé, les bijoux de Lalique, et les entrées du métro parisien réalisées par Hector Guimard, qui participent à la réputation de la France dans le monde entier !

La littérature

L'activité littéraire est intense. Le poète Baudelaire, par exemple, dépeint la vie parisienne d'une façon toute nouvelle. Émile Zola et Victor Hugo dénoncent les conditions de vie très difficiles de certaines catégories sociales, et croient en un possible « progrès social ».

La musique

C'est à Paris que les grands musiciens, français ou étrangers, présentent des œuvres qui font parfois scandale, tant elles tranchent avec le passé. Fauré, Debussy, Ravel et Satie sont considérés comme les premiers compositeurs modernes.

Petit lexique du vaudeville et de la Belle Époque

Aparté	Il y a aparté lorsqu'un personnage parle à part soi (sans être entendu d'un autre personnage) et que le public entend ce qu'il dit.
Belle Époque	Période comprise entre 1871 et 1914, caractérisée par une extraordinaire expansion économique, sociale et culturelle en France.
Bourgeoisie	Catégorie sociale possédant des revenus stables et relativement élevés, sans exercer un travail manuel, industriel ou agricole.
Petit bourgeois	Se dit d'une personne aux pensées étriquées, conservatrice et bien-pensante, préoccupée surtout par l'apparence et la fortune.
Burlesque (style)	Comique extravagant. Le style burlesque caractérise la farce (procédés comiques appuyés et faciles, parodie de sujets nobles...).
Calembour	Jeu de mots fondé sur les homonymies (mots se prononçant de façon identique, mais n'ayant pas le même sens). Exemple : *une personnalité / une personne alitée*.
Comédien	Professionnel du spectacle jouant au théâtre.
Coup de théâtre	Rebondissement, péripétie, évènement inattendu qui modifie la situation dans une pièce.
Didascalies	Indications sur le décor, les mouvements, le ton, les gestes, etc., qui apparaissent dans le texte explicitement en caractères italiques ou implicitement en caractères romains.
Domestique	Personne au service d'une famille, employée dans une maison.
Exode rural	Migration massive des habitants des campagnes vers les villes.
Farce (littérature)	Petite pièce comique brossant une peinture satirique des mœurs d'une époque.

DES FILMS ET DES BANDES DESSINÉES POUR DÉCOUVRIR D'AUTRES PERSONNAGES CATASTROPHES

L'Emmerdeur
Film réalisé par Édouard Molinaro (1973),
avec Jacques Brel et Lino Ventura.

L'Emmerdeur
Film réalisé par Francis Veber (2008),
avec Richard Berry et Patrick Timsit.

Le Dîner de cons
Film réalisé par Francis Veber (1998),
avec Jacques Villeret et Thierry Lhermitte.

Le Distrait
Film réalisé par Pierre Richard (1970),
avec Pierre Richard et Paul Préboist.

La Chèvre
Film réalisé par Francis Veber (1981),
avec Pierre Richard et Gérard Depardieu.

La Party
Film réalisé par Blake Edwards (1969),
avec Peter Sellers et Claudine Longet.

Frankin
Gaston Lagaffe
Toutes les aventures de Gaston Lagaffe, de 1960 à nos jours...

Dupa
Les aventures de Cubitus

Notons que Gaston Lagaffe et Cubitus sont deux « anti-héros » belges...
À Bruxelles, on peut voir depuis 1994 le chien Cubitus et le Mannekenpis, représentés dans une grande fresque qui orne le pignon du 109 rue de Flandre.

Table des illustrations

2	ph © SuperStock/Leemage/ADAGP, Paris 2011
5	ph © Archives Hatier
7	ph © Jean Bernard/Leemage
19	ph © Ramon Senera Agence Bernand/Enguerrand
56 à 79	ph © Archives Hatier
59	ph © Archives Hatier
78 h	ph © Coll. Jonas/KHARBINE-TAPABOR
78 b	ph © Coll. Jonas/KHARBINE-TAPABOR
82	ph © Archives Hatier
84	ph © Archives Hatier
86	ph © Archives Hatier
87	ph © Archives Hatier
89	ph © Roger Viollet

Iconographie : Hatier Illustrations
Principe de maquette : Marie-Astrid Bailly-Maître & Sterenn Heudiard
Suivi éditorial : Christine Delage
Illustrations intérieures : François San-Millan
Mise en pages : Facompo

Achevé d'imprimer en janvier 2023
sur les presses de la Nouvelle Imprimerie Laballery – 58500 Clamecy
Dépôt légal : 95427-6/07 - février 2023 N° d'impression : 301301

Imprimé en France
La Nouvelle Imprimerie Laballery est titulaire de la marque Imprim'Vert®

À lire et à voir

D'AUTRES VAUDEVILLES POUR MIEUX CONNAÎTRE FEYDEAU ET COURTELINE

Georges Feydeau
On purge bébé !
HATIER, COLLECTION « ŒUVRES & THÈMES », 2010.

Georges Courteline
Les Boulingrin et autres pièces courtes
HATIER, COLLECTION « ŒUVRES & THÈMES », 2010.

Scènes à lire et à jouer
HATIER, COLLECTION « ŒUVRES & THÈMES », 2010.

DES LIVRES POUR MIEUX CONNAÎTRE LA BELLE ÉPOQUE

Jean Tulard
Notre Histoire, de la Révolution à 1914
FLEURUS, 1995.

Dominique Joly
Paris à la fin du XIXe *siècle*
ÉD. LA MARTINIÈRE JEUNESSE, 2005.

Pierre Barbe, Claude Gauthier, Josiane Perriaud
La Société française au XIXe *siècle*
REPÈRES PEMP, 1990.

Thierry Aprile
Le Journal d'un enfant pendant la révolution industrielle
GALLIMARD JEUNESSE, 2005.

Grivois(e) Se dit d'une plaisanterie ou d'un propos un peu osé, égrillard, sans être obscène.

Impressionnisme Mouvement pictural français, dont le principe est de rendre les impressions fugitives et la mobilité des choses plutôt que leur aspect stable.

Livrée Sorte d'uniforme que portaient autrefois les domestiques dans les grandes maisons.

Procédés comiques Moyens employés au théâtre pour faire rire le spectateur (comique de mots, de gestes, de caractère, de situation, quiproquo…).

Quiproquo Malentendu provoqué par la confusion d'un mot, d'une personne ou d'une situation (le quiproquo est un procédé comique au théâtre).

Rebondissement Nouveau développement de l'action, suite à un évènement imprévu.

Second Empire Régime politique de la France de 1852 à 1870. Louis Napoléon Bonaparte devient empereur des Français, sous le nom de Napoléon III.

Sketch Petit dialogue comique représenté au théâtre.

Théâtre de boulevard Nom donné au vaudeville, représenté souvent dans les théâtres construits sur les grands boulevards parisiens.

Un parti « Un beau parti » est une personne que l'on épouse en raison des avantages financiers qu'elle apporte.

Vaudeville Comédie légère, fondée sur une intrigue simple, des rebondissements et de nombreux quiproquos.